神々に育てられしもの、最強となる
5
A boy raised by gods will be the strongest.
「どんなことがあっても邪神は復活させない」
「ボクは聖な
「私は大地の巫女。使命を果たさねば――」
羽田遼亮
Ryosuke Hata
ill fame

「自分の息子を守るのは当然のことでしょ？」
「ウィル様をお守りするのが従者の務めですから」
リア
とある女神の巫女を自称する美少女。彼女の正体は〝あの女神〟なのだが、ウィルには気付かれていない
ルナマリア
大地母神の神殿で育った、聖なる巫女。普段から献身的にウィルをサポートしており、戦闘能力も非常に高い

「やつらの好き勝手にはさせな
ルナマリアは僕が守る
ウィル
神々の住む山で育った、
すべてが規格外な少年。
ルナマリアと共に、
邪神教団との
全面戦争に突入していく
「やっと擬人化できたんだ！
しかも、黒髪ツインテイル美少女に！」
イージス
突然、ウィルの前に現れた少女。
明るく元気な性格。
なぜかウィルのことをよく知っているようで……

「うぉー、ちべてー！」

そう言いながらも、裸身のイージスは楽しそうな
笑みを浮かべて語りかける。

「まだ秋口でこれなら冬は拷問じゃね？

氷が張ってワカサギが釣れそう！」

神々に育てられしもの、最強となる5

羽田遼亮

ファンタジア文庫

3055

口絵・本文イラスト　ｆａｍｅ

神々に育てられしもの、最強となる 5

A boy raised by gods will be the strongest.

羽田遼亮 Ryosuke Hata
ill fame

CONTENTS

004____第一章　神殿への道
103____第二章　大地母神の神殿
200____第三章　母と娘
300____第四章　神々に育てられしもの
313____あとがき

第一章　神殿への道

†

ボクの名前はイージス！

ミッドニア王国にある草原のダンジョンに封印されていた聖なる盾。何千年も前にこの大陸で隆盛を極めた古代魔法王国の遺産。とある工房《アトリエ》で作られた魔法遺物《オーパーツ》。

様々な肩書きがあるのだけど、今現在の肩書きは、

「神々に育てられしもの、の盾」

だろうか。

そう、ボクは神様に育てられた最強無敵の少年の相棒なのだ！（えっへん）

ちなみにボクは齢《よわい》千年のピチピチギャルなのだけど、今の相棒、ウィルのように変わった男の子は初めてだった。今まで騎士に戦士、魔法使い、貴族、色々な人が装備していったけれど、神様の子供はひとりもいなかった。皆、ごくごく普通の人間だった。

もちろん、ウィルも出生自体は普通で、血統上もＤＮＡ上も人間なのだけど、神様に育

てられたというチート要素がある。なにせ彼が剣を振るえば、大地は震動し、大気は鳴動する。

剣匠《ソードマスター》しか使いこなせないはずの剣閃《けんせん》もなんなく放つし、賢者しか使えないはずの禁呪魔法もぶっ放すし、司祭も真っ青の回復魔法も使いこなす。

まさしく、規格外の少年、神々の息子だった。

ウィルがなぜ、そのような能力を身に付けたかといえば、それは彼のお父さん、お母さんが、「ごいすー」だから。ウィルのお父さんとお母さんは神様。テーブル・マウンテンと呼ばれる神聖な山で隠遁《いんとん》生活をしている新しき神々。しかもその中でもとびきり腕の立つ人々、変わりものの神様に育てられたものだから、ウィルは圧倒的実力を持つに至ってしまったようだ。

ウィルは幼き頃から、剣術の神ローニンに剣術を習った。七歳の頃には剣閃を放ち、離れた場所にある木を切り裂くどころか、〝粉砕〟する実力を持っていたという。どのようにして身に付けたかといえば、滝の上から丸太を何本も流して、それを斬らせるという荒行で身に付けさせられたとか。

魔術の神ヴァンダルからも英才教育を受けてきたウィル。無詠唱で魔法を解き放つのは朝飯前、ふたつ同時に魔法を唱えることも可能で、古代魔法文明の難読文字もすらすらと読みこなす。魔術学院に通っている英才も裸足《はだし》で逃げ出すほどの才能を持っているのだ。ちなみにこの能力も神々の荒行で身に付けたそうな。具体的には朝から晩まで本漬けにして覚えさせられたものだとか。なんでもウィルは最盛期、一日に三〇冊の本を読んでいたそうで……。ちなみにその量の本はもはや読むというよりも記憶するといったほうが正しく、超速読で脳に焼き付けて、あとから重要箇所を索引するという感じなんだそうな。無学なボクにはまったく理解できない読み方だけど、ま、神々の子らしいエピソードだよね。

そしてウィルは剣や魔術だけでなく、回復魔法もやばかった。以前、盗賊に腕を切り落とされた旅人と遭遇したことがあるのだけど、ウィルはその旅人の腕を元通りにしていた。ひょいと腕を拾うとそれをくっつけたのである。そのとき、ルナマリアという高位の巫女《みこ》も横にいたのだけど、彼女が匙《さじ》を投げるような傷もあっという間に回復させちゃう。治癒の女神ミリア秘伝の回復薬を使ったそうだけど、その効能はまさしくチートで、度肝を抜かれる。

「……うーん、冷静に考えれば考えるほど『ばいやー』だよね」

神々に育てられたというだけでもヤバイのに、その上、最強（最狂）の修行もほどこされたのだから。ボクを今まで装備してきた人たちも、世間一般から見れば実力者ではあったけど、その中でもウィルは別格だった。並ぶもののない最強の存在。

ボクは改めて主《あるじ》の顔を見る。焚《た》き火のオレンジ色の光に照らされるウィル。幼さの残る顔立ちであるが、精悍《せいかん》さもある。この旅を通して彼は成長に成長を重ねたのだ。元々、最強の素養を持っていたのに、旅によってそれが開花しつつあるのだ。彼が〝英雄〟となっていく姿を間近で見ることが出来て幸せであった。

ボクことイージスは聖なる盾。武具の端くれであるので、強さに興味がないわけじゃない。主がどこまでも強くなっていく様に興味を惹《ひ》かれた。じっとウィルの顔を見るが、それも十数分ほどでやめる。ウィルの顔はいつも見ている。ハンサムで飽きることのない顔だけど、さすがに疲れた。先日まで貿易都市シルレでもてなしを受けていたけど、街を旅立って数日、疲れが溜《た》まってきたのだ。

「……まあいいや、どうせ、明日も見れるしね」

自分をそう納得させると、ボクは眠る準備を始める。

羊さんを数えることにしたのだが、羊さんを一〇匹ほど数えたとき、ことりと音が鳴り、影が揺らめく。どうやらウィルがかたわらに立てかけていた剣が倒れてしまったようだ。

「なんだ、こいつかー」

てっきり敵襲かと思ったので安堵《あんど》の溜め息を漏らすが、それはすぐに不平に変わる。

「まったく、新参者のくせに聖なる盾様を驚かさないでよね」

その言葉は剣には届かない。ダマスカス鋼で作られた無機物は、言葉を発しないし、理解できないからだ。ボクのように知性がある無機物のほうが例外なのである。だからボクはなにも言えないダマスカスを少しだけ見下していた。

「ふふん、昔いたミスリルの短剣君はウィルと付き合いが長いってフラグがあったけど、君は新参者だからね。ボクのほうが古女房《にょうぼう》。しかも、ウィルとお話しできるし、相性もバッチリ。ダマスカス・ルートは期待しないように」

「————」

当然だけど、なんの返答もない。

「はっはっは、やっぱりなんも言い返せないようだね。善き善き」

ボクは高笑いして、勝ち誇る。

再び眠るために目を閉じるが、少しだけ薄目でダマスカスを見る。

(なんか、ちょっと気になるんだよね)

青白い刀身、立派な鞘《さや》、それらはなんだかボクの気を引いて止《や》まない。

まるでウィルを初めて見たときのような気持ちを覚えるのだ。

もしかしたら恋？　そんな単語が頭をよぎるが、慌てて振り払うと、ウィルを見て目の保養。

「主以外の男の子に見とれるなんて、聖なる盾失格だね」

聖なる盾はその名にあるように聖なる存在。穢《けが》れのない巫女のように振る舞わなければいけない。決してビッチキャラや中古フラグを立ててはいけないのだ。そのように決意すると、再び眠りにつこうとした。羊を数え直すこと、一三匹目、睡魔がやってくる。

「ふぁーあ、眠れそう」

そうつぶやくと、まどろみに包まれる。あっという間に眠りにつくと、夢を見る。無機物が夢ってなんやねん、と思うかもしれないが、見るものは仕方ない。知性あるものはすべて夢を見るのだ。現実でも布団《ふとん》の中でも。

ちなみにボクの夢は擬人化すること。人間になること。可愛《かわい》い女の子の姿になって、主と一緒に戦うことだった。無論、そのような夢は叶《かな》ったことはないけど、思うだけならばただなのである。せめて夢の中だけでも女の子になってウィルとえちぃなことをするんだ！

そんなことを思っていたからだろうか。〝神様〟は見ていたようで、ボクの夢の中に降り立つ。鳥の形をした神様は、ボクの夢に舞い降りると、

「その夢を叶えて進ぜよう。我が息子、ウィルを頼むぞ」

と言った。

息子？

その言葉でウィルにはもうひとり、お父さんがいたことを思い出す。

赤子だったウィルを拾った神様、節目節目でウィルに助言をしてきた神様。

名をたしか――、なんだっけ？

彼の名を思い出すまで、かなりの時間が掛かったが、後日、無貌の神レウスという単語を思い出すと、彼には圧倒的な〝力〟があることを知る。

そう、無貌の神レウスは、知性の宿る無機物に〝素敵な魔法〟を掛けてくれたのだ。

†

僕の名はウィル。

神々に育てられしもの。

既視感がある紹介かもしれないけど、気にはしない。

神々の息子である僕は今、ミッドニア王国にいる。先日まで貿易都市シルレにいたのだけど、とある目的のためにミッドニアに戻ってきたのだ。その目的とは大地母神教の神殿に向かうこと。大地母神の神殿には従者ルナマリアの育ての親がいる。

大司祭フローラと呼ばれる女性で、彼女にゾディアック教団の情報を聞くのが僕の目的であった。そのまま彼女に力を貸して貰《もら》えれば有り難《がた》いのだけど、それは可能だろうか？

フローラさんの人となりをよく知るルナマリアに尋ねる。彼女はよどみなく答える。

「元々、私をウィル様の元に派遣したのはフローラ様のご意思です。大地母神教団はゾディアックと対立するものの筆頭、必ずやウィル様の味方をしてくださるかと」

という言葉をくれた。有り難いことである。

「ゾディアック教団は僕の旅を邪魔するだけでなく、この国の、いや、この世界の人々に害をなしているからね」

ノースウッドの街襲撃事件、ミッドニア王国の王位簒奪《さんだつ》未遂事件、武術大会襲撃事件、貿易都市シルレ襲撃事件など、この国と周辺国を巻き込む大騒動を何度も起こしてきた。

彼らの悪巧みによって何人の人間が死んだことか。邪教徒たちによって望まぬ死を迎えた人々の無念を思えば、ゾディアック教団を倒さないという選択肢はない。また彼らは魔王ゾディアックを復活させようともくろんでいた。魔王ゾディアックとは聖魔戦争を引き起こした張本人、古き神々を地上から一掃した悪の権化《ごんげ》であった。もしも復活すれば、この世は再び闇に包まれるはずであった。

万が一にもゾディアック復活など許すことは出来ない。これは神々に育てられしものの務めであった。いや、この世に生を享《う》けた人間の性《さが》であった。僕は僕の愛する人々の泣くところなど、見たくなかった。彼ら彼女らが悲しむところなど、想像もしたくなかった。だからゾディアック教団を倒す。彼らを駆逐するための方策を知るだろうフローラさんと会う。

その気持ちに迷いはなかった。そのために大地母神の神殿がある地へと向かっていたのだが、ひとつだけ気になることが。それは左腕にはめた盾に元気がないということだった。いや、元気がないどころか、反応もないような。いつもならば、「うぇーい!」「ごいすー!」「3P3P」と五月蠅《うるさ》い盾が、無反応なのが気になった。従者であるルナマリアに相談するべきか迷ったが、結局、イージスの盾の様子には触れなかった。聖なる盾がしゃべることは秘密ではないけど、彼女の声は僕にしか聞こえないからだ。相談をしたところでどうにかなるわけでもない。おしゃべりな盾がしゃべらないんだ、と相談してもルナマリアは困るだけだろう。

それに聖なる盾はきまぐれにして変わりものだ。一週間くらいノンストップでしゃべったかと思えば、一週間くらい眠っていたこともある。またこの前みたいに眠っているだけだろう。むしろ、ここで起こせば不平不満を言い続けるに決まっていた。

そう思った僕はこの件を忘れると、ルナマリアと一緒に野営の準備を始めた。

†

聖なる盾に不思議な兆《きざ》しが起こっている頃、テーブル・マウンテンにも似たような兆しが起き始めていた。その兆しを最初に見つけたのは魔術の神ヴァンダル。

神々の山の公衆放送《パブリック・ビューイング》と化している水晶玉に異変を感じたのだ。

魔術の神ヴァンダルは最初、剣術の神ローニンが手荒に扱って壊れたかな、と思った。先日もウィルを観察する特等席を巡って治癒の女神ミリアと取っ組み合いの喧嘩《けんか》をしていた。

そのときにでも水晶玉を落としたのだろうと思ってひびがないか確認をするヴァンダル。ローニンとミリアに文句を言うが、彼らは「機種変でもしてもらえ」などと暴言を吐いていた。まったく、とんでもない神々であるが、それは昔から知っていたので、吐息だけで済ませると、ひびに手を添える。

「研磨だけでなんとかならんかのお」

そのように独り言を漏らすが、それ以上の言葉は続かなかった。

ひびになにか異変を感じたのだ。水晶玉のひびは物理的に入ったものではなかった。なにか魔法的な力で割れたような形跡があるのだ。

(……なにものかが逆探知をしてきた)

それはすぐに察したが、問題は「誰が」である。容疑者としては、常に観察されているウィルが挙げられるが、真っ先に犯人から除外も出来る。ウィルはそのようなことをする子供ではないからだ。我々神々が息子を観察するなど、当たり前すぎて、厭《いや》がる要素を感じない。おそらく、いや、確実に水晶玉から生活を覗《のぞ》き込まれていることは本人も気が付いているだろう。

「やれやれ、仕方ない父さんたちだなあ」

という心境に至っているはずだ。今さら逆探知などするとは思えない。ウィルならば水晶玉をにゅいと覗き込んで「やあ」と挨拶してくるはずだった。その上で止めてくれと主張してくるだろう。いや、止めないが。

(……しかし、ウィルでないとすれば誰が？)

ヴァンダルは水晶にひびを入れた力をなぞってみるが、そこからは邪悪な気配を感じた。

(……なんという禍々《まがまが》しい気。絶対零度のカミソリのような鋭利な気配を感じる)

どうやらこの水晶玉を占領《ジャック》しようとしたものは相当の手練《てだ》れの魔術師のようだ。

「いい度胸だ、このヴァンダルに喧嘩を売るなど」

ヴァンダルは白いあごひげを撫《な》でながら挑戦者の不敵さを賞賛すると、治癒の女神ミリアが珍しく真面目な表情をしていることに気が付く。

雨でも降っているのかの、洗濯物が心配になったヴァンダルは窓から外を見上げるが、灰色の雲は見えるが、雨の存在は確認できなかった。

ならばなぜ、あのような表情をしているのだろう。気になったヴァンダルは尋ねる。

ローニンは「生理か」と茶化すが、ミリアによって一撃で沈められた。

「あのね、なんか悪い予感がするのよね」

「ほう……」

興味深げに返答する。水晶玉の件を考えればミリアの勘を笑うことなど出来ない。

「なんか、ウィルにとんでもない事態が迫っているような気がするの」

ミリアは母親の顔で心配している。その顔を見るとローニンもそれ以上茶化すことはなかった。それどころか同じようなことを口にする。

「ミリアもそうか。なんか、ここ最近、山が騒がしいんだよな。朝稽古に出るとなんかこううなじのあたりがむずむずする。昔もそんなことがあったが、そのときはウィルがおたふく風邪になった」

「まさか、またウィルがおたふく風邪になるんじゃ⁉」

急いで薬を作らないと、と工房に向かおうとするミリアだが、ヴァンダルが冷静に突っ込む。

「おたふく風邪は一度しかかからない」

「そういえばそうだった」

「しかし、悪い予感がするのは事実じゃな」

水晶玉のことについて話すと、ミリアは顔を蒼白《そうはく》にする。

「た、大変じゃない、それは。一刻も早く、ウィルを助けに行かないと」

ヴァンダルもローニンもその意見には賛同するが、同じ懸念《けねん》を口にする。

「我々新しき神々はこの世界に留《とど》まることは許されているが、この世界に干渉することは許されていない」

「なによ、定期的に私たちが助けに行っているでしょう」

「そうじゃ、だからじゃ。最初はおまえがリアとかいう小娘に化けてウィルを助けた。次はローニン、その次はわし」

「じゃあ、順番的には今回は私じゃん」

やた！　と小娘のように飛び跳ねるミリアであるが、ヴァンダルはそれをたしなめる。

「昨今、天界の様子も騒がしい。わしが仕入れた情報によると我々の度重なる干渉が問題視されているとも聞く」

「私たちは〝神威《カムイ》〟を使っていないわよ」

「まあな。しかし、それでも下界に行き、騒動に加わっているのはたしか」

「騒動って言ってもすべてゾディアック教団がらみだろう。俺たち新しき神々はゾディアック復活を阻止する権利があるはず」

ローニンは強硬に主張するが、ヴァンダルは首を横に振る。

「それは古き神々が決めること。彼らがゾディアック教団を滅ぼせと命令すれば滅ぼすだけ。手を出すなと言えば出さない。それだけじゃ」

「かぁー、情けねー。古き神々はイン○（表記不可能）野郎の集まりか」

「それが古《いにしえ》からのならいじゃ」

ヴァンダルも口惜《くちお》しげに纏《まと》めるが、ミリアだけは違う考えを持っているようだ。

はっきりと宣言する。

「知ってるかと思うけど、私は新しき神だけど、古の最後に生まれた世代よ。新しくも古き神」

「知ってるよ、かなりの古株だってことは。俺たちの何倍も生きてるし」

「私は永遠の一七歳よ」

「×一〇〇以上いってんだろ」

ミリアはローニンにコブラツイストをかけながら話を続ける。

「私はゾディアックと直接戦った古き神々の末裔《まつえい》。聖魔戦争でも常に前線にいた」

「勇壮だったそうじゃな」

「ええ、そのとき人間の聖女や聖騎士たちと一緒に戦ったの。そこで人間の素晴らしさ、儚《はかな》さ、強さや弱さなどを学んだわ」

「聖魔戦争が終結したとき、おまえは地上に残ることにした」

「そうよ。私は人間と共に生きる道を選んだの。新しき神々になれば神威は小さくなるけど、それでも面白おかしく生きることが出来る」

それに——と彼女は続ける。

「ウィルと逢《あ》えた。この世でもっとも素晴らしい子供に、最高の息子に会えたのよ。私の決断は間違っていなかった」

「だな、あほうなおまえ唯一の殊勲賞だ」

いつの間にか固め技から脱出したローニンは渋々認める。

ボキボキ、と痛めた関節をいたわっているローニンを優しげな視線で見つめるミリア。

「つうか、私はこの世界が大好きなの。人間たちが、動物たちが、この自然が、そして勿《もち》論《ろん》、ウィルが。それらに仇《あだ》なすゾディアック教団を私は許すことが出来ない」

ミリアははっきりとそう宣言すると、

「だから古き神々が問題視しようが、神使《しんし》を派遣してこようが、私は止《や》めない。ウィルを見守ることを。ウィルを愛することを」

そう言い放ち、己の身を輝かせる。治癒の女神ミリアは一七歳の娘の姿に化身する。リアとなったのだ。次いで彼女は窓の外に右腕を出し、そこに聖なる光を宿す。その小さな身体《からだ》からは信じられないような〝神威〟が解き放たれる。

聖なる光は天空に向かって伸び、何キロにもわたって輝く。雲を突き刺し、大気圏の外まで向かう。その光景を見たローニンは冷や汗を流しながら漏らす。

「……さすが、聖魔戦争の生き残りは伊達《だて》じゃないな」

ヴァンダルは眉を僅かに動かし、つぶやく。

「……さすがは古き神々に連なる娘だ」

ふたりはミリアの神威に改めて敬意を示す。この女神が仲間でいてくれるうちはゾディアック教団とて恐れることはない、と思った。

改めて女神ミリアに一目置くようになったふたりであったし、彼女の言葉にも感化されたわけだが、それでもウィルを導く役を譲る気はないようだ。三者の愛情は拮抗《きっこう》、いや、三者鼎立《ていりつ》状態といってもいいかもしれない。これから、三人の内の誰かが代表してウィルに助力に行くのだが、当然ながら、その人選は紛糾する。

「俺が」

「わしが」

「私が」

と取っ組み合いの喧嘩になる。無論、神威も使わないし、武器も使用しないが、乱闘、暴言、心理戦、搦《から》め手、あらゆる方法を使って代表者は選定される。

丸一日掛けて血みどろになった上、結局、「治癒の女神ミリア」が代表してウィルのもとへ向かうことになったのだが、出立の前、ミリアはとあることに気が付く。

「そういえばウィルの親は三人だけじゃなかったけど」

気を張り、テーブル・マウンテン中の気配を探るが、神の気配は三人分しかなかった。

四人目の父親――ウィルを拾い、三人の神々に引き合わせた万能の神レウスの神気を感じなかったのだ。彼はウィルが旅立って以来、鳥の姿でウィルの上空を旋回していることが多かったが、それでも何日もテーブル・マウンテンを空けることはなかった。

この山の主であり、特別な神様なのでこの山を留守にしないでほしいのだが、時折、長い旅に出る。獣や鳥、ときには人間などに変身し、人間の世界を観察していることがあった。

それによってウィルという可愛《かわい》い子を拾ってくるという殊勲賞、いや、猛打賞を成し遂げるのだから、あまり批難することは出来ないのだが……。

「ま、いつものことよね」

そのように纏めると、治癒の女神ミリアは——いや、旅の神官戦士リアは愛用の鎖鉄球《フレイル》を取る。かつて聖魔戦争で数々の魔物や邪神を屠《ほふ》ってきた業物のフレイルを。

「よっしゃー！　可愛いウィルとも会えるし、テンションあがってきたわー！」

これ見よがしに叫ぶと、代表選出戦に負けた敗者どもに別れを告げる。

「私が代表して、ウィルをいい子いい子してくるから、あんたたち負け犬はそのひび割れた水晶玉でその光景を見ていなさい」

ミリアの挑発にローニンは悔しがるが、反発はしなかった。負けたものは仕方ない、と思っているのだろう。それにふたりは仲が悪いが、互いの力量は尊敬し合っていた。どちらも「おまえ」ならばウィルを守れると信じているのだ。

ヴァンダルも似たようなものであったし、またローニンよりも分別が付くので、皮肉を言うことはなかった。それどころか丁重な別れの言葉さえくれる。

「ミリアよ、ウィルのことは頼んだぞ。厭《いや》な予感がする。かつてない試練の予兆を感じる」

「分かっているわよ。このミリア様に任せなさい」

ミリアは断言すると、そのまま旅立った。ちなみにミリアは方向音痴、いきなりウィルがいる場所とは真逆のほうに足を踏み出したので、ローニンが「逆だ」と突っ込む。

「分かってるわよ。治癒の女神は薬の分量と、愛する息子の育て方だけ間違わなければいいの」

言い訳になっていない言い訳を口にすると、今度こそ本当の出立。

ウィルが向かっている大地母神の神殿はテーブル・マウンテンから数週間のところにある。

長い旅になるから、三人がまた一堂に会するのは早くても一ヶ月以上先だろう。

まあ、静かでいいさ、と留守番組が口を揃《そろ》えて言うが、ミリアのいなくなった神域は寂しくなった。

少なくとも森の動物たちはそう思っているようで、彼らは少しだけ悲しげに山の治癒者の旅立ちを見送った。

†

大地母神の神殿に続く街道は、信者たちの寄付もあり、とても綺麗《きれい》に整備されている。

また道中の治安も万全に保たれており、巡礼者たちが絶えなかった。

特にトラブルもなく進むのだが、ひとつだけ問題が。

それは巡礼者たちがルナマリアを見つけると、目の色を変えて近づいてくることだった。

「せ、聖女様⁉」

「盲目の巫女《みこ》様⁉」

「未来の大司祭様⁉」

それぞれに言葉は違うが、驚きと敬意に満ちていることは共通していた。

ルナマリアは巡礼者たちが話し掛けてくるたびに、丁寧に対応し、祝福の言葉、それに大地母神の祈りを捧《ささ》げた。そのたびに巡礼者たちは感涙にむせび、信仰を篤《あつ》くしていくのだが、一〇分ごとにそれを繰り返すとなかなか目的地までたどり着けない。

巡礼者の団体と出くわしてしまったときなどは、半日近く拘束されたこともあった。

さすがのルナマリアも困り果てたようで、なんとか対策できないか、と漏らすようになる。

僕たちは街道から少し外れ、なにかいいアイデアはないか、協議することにした。

街道から少し離れた場所、小さな林にテントを張る。そこには湧き水が湧いているのだそうな。ルナマリアはテーブル・マウンテンにくるときもそこで一休みしたと教えてくれる。僕がテントを張っている間にルナマリアが湧き水を汲《く》む。

手慣れた分担作業だが、本当は水を汲む作業も僕がやりたかった。なぜならば飲食の準備は皆、ルナマリアがやってしまうからだ。テントを張り終えると途端、僕のやることがなくなる。

なにか手伝うよと主張するが、「飲食についてはルナマリアにお任せあれ」の一点張りだった。

彼女は男子厨房《ちゅうぼう》に入るべからず、という思想を持っているようだ。テーブル・マウンテンでは食事の用意に男も女もなかったから、ちと受け入れられない主張であるが、抗議すると、「では、食事は従者の仕事ということで」の一言でかわされてしまう。

もはや様式美となりつつあったので、僕は大人しく手紙を書くことにした。

ルナマリアがお湯を沸かしている横で、手紙を書く。

宛名は、「剣の勇者レヴィン様」だった。

レヴィンは僕たちが旅をして最初に会った女性だ。

文字通り勇者の紋章を持つ女性で、色々あった末に仲良くなった。ルナマリアを別枠にすれば初めて出来た友達かもしれない。

その後、彼女とはいったん別れたのだが、交易都市シルレで再会。そこでもトラブルに巻き込まれるのだが、なんとか一緒にそれを解決したという経緯がある。

もはや友人にして戦友ともいっていい間柄なのだけど、行動は一緒にしていない。

剣の勇者レヴィンは、

「あたしは少年と一緒に旅がしたい！　あたしは少年と一緒に旅がしたい！」

大事なことなので二回言いました、とのことだが、諸事情によってその夢は叶《かな》っていない。

まずレヴィンにも仲間がいたからだ。従者のリンクス少年を始め、彼女は多くの仲間に囲まれていた。そのうちのひとりが古代遺跡で呪いを掛けられてしまい、それを解呪する方法を探さなければいけないのだそうな。

解呪を手伝ってあげたいところだったが、それは彼女からお断りされる。

「少年にはやるべきことがあるはず」

と逆に諭されてしまった。彼女は僕がゾディアック教団を討ち滅ぼさなければいけないと知っていたのだ。黙って見送ってくれるが、いくつか約束も交わした。

ひとつは「ピンチになったらいつでも駆けつけること。困ったら連絡しあうこと」。もうひとつが、「定期的に手紙を書くこと」だった。僕たちはヴァンダル父さんが飼っている鴉《からす》を使って、定期的に手紙をやりとりしていた。内容は他愛のないものだ。昨日はリンクスが鯉《こい》を釣ってきた。ルナマリアの身長が伸びた。大切なお皿が割れた。など、本当にどうでもいいことばかり。ただ、定期的な習慣として、頻繁に手紙をやりとりするようになっていた。

僕はルナマリアが注《つ》いでくれたお茶に口を付けると、今し方したためた手紙を封筒に入れ、封蝋《ふうろう》をする。ちなみにこの封蝋、特別製でレヴィンしか開けられないようになっている。

「ヴァンダル父さんが作った特別製さ」そのようにルナマリアに説明すると、使い鴉の足に括《くく》り付け、解き放つ。

一本足の鴉は大空を舞って一直線に北に向かった。

鴉が視界から消えるまで見送ると、ルナマリアが声を掛けてくれた。

「速い鴉ですね。何日くらいでレヴィンさんのもとに届くでしょうか」

「レヴィンはシルレからだいぶ離れたところにいるみたいだから、早くて三日かな」

「返信を書く時間を含めると戻ってくるのは一週間後ですね」

「そういうこと。ま、ダンジョンとかにいたらもっと時間が掛かるけど」

「ちょうどいい塩梅《あんばい》です」

「だね。異世界のニホンという国では、皆、魔法の石板を持っていて、一瞬で文字を送れるそうだけど」

「便利と言えば便利ですが、疲れてしまいそうです」

「かもしれない。母さんが持ってたら一時間に何通の手紙がくるやら」

「尋常ではない数でしょう」

「なにごとも過ぎたるは及ばざるが如《ごと》しだ」

この国、この世界に生まれて良かった。

改めて感謝すると、ルナマリアは夕飯の準備を整え終える。

いつの間にかルナマリアはオニオン・グラタン・スープを作り終えていた。

「さすがはルナマリア、早いね」

「オニオン・グラタン・スープはすぐに火が通りますから」

「ルナマリアのスープは最高だ」

「そんなことは……」

謙遜するが、それは本当のことだった。ルナマリアのオニオン・グラタン・スープは絶品だった。

これでもかというほどに玉ねぎが入れられており、その甘味がすべてスープに溶け出している。チキンブイヨンもケチらないものだから、旨味《うまみ》と甘味の調和も取れていた。

一言で言うのならば、「玉ねぎと鶏出汁《とりだし》の宝石箱や！」といったところだろうか。

まさか野外でもこのように美味《おい》しいスープを飲めるとは夢にも思っていなかった。そのように絶賛するとルナマリアはにこやかに微笑《ほほえ》む。

「玉ねぎは旅の友です。保存が利《き》きますし、美味しいですし、栄養満点ですね」

「だね。ヴァンダル父さんも言っていた。玉ねぎは医者いらずなんだってさ」

「玉ねぎを食べていれば健康に過ごせる、という意味ですね」

「うん、おかげで僕の家族は風邪ひとつ引かないかな」

「それはすごいです。でも、玉ねぎのおかげなのか、神々の特性のせいなのか、わかりにくいですね」

「たしかに」

ルナマリアの言葉ににこりと反応を示していると、彼女は僕の後方に意識をやる。

正確には僕の後方上部、空のほうに意識をやっていた。

何事だろう、と僕も振り返ると、上空を一羽の鴉が旋回していた。

「あれは使い鴉？」

「まさかもう返信が来たのでしょうか？」

「さっき出したばかりだよ」

「なにかトラブルがあって戻ってきたのでしょうか？」

「有り得るね。――でも、あの鴉は僕が放った鴉じゃないようだ」

「となると別の手紙を持っているということですよね」

「まあね、使い鴉だもの」

と、やりとりしていると鴉が舞い降り、近くにある木の切り株で羽を休める。

近づくが逃げる気配はない。

僕は鴉に近寄ると、驚かせないように留意しながら書簡を取る。すると、鴉は再び大空に舞い戻っていった。鴉は大地母神の神殿がある方向へ飛び立つ。

どこからやってきて、どこへ帰るか、とても気になったが、それは書簡を見れば判明するだろうと思った僕は、小さな筒を開け、手紙を見る。

巻物状の手紙を広げると、達筆な文字が続いていた。差出人を見る。

そこには、「大地母神教団司祭長フローラ」と書かれていた。

意外ではないが、驚きではあった。僕は思わずルナマリアに尋ねてしまう。

「ルナマリア、これは君の育て親のフローラさんの字かな？」

「それは分かりません。私は盲《めし》いていますから」

そうだった、ルナマリアは目が見えないのだ。文字だけで判断することは出来ないだろう。

しかし、目が見えない代わりに他の感覚が発達しているルナマリア。

「失礼します」

と手紙を受け取ると視覚以外の感覚を研ぎ澄ます。まずは指で筆圧を確認、次に匂いを嗅ぐ。使われているインク、染《し》み込んだ体臭などを確認しているそうだ。フローラクラスの司祭になると溢《あふ》れ出る神聖な気も読み取れるらしい。それらを総合的に判断すると、ほぼ間違いなく大神官フローラの直筆であると判明する。義理の娘のお墨付きを貰《もら》った僕は、手紙を声に出して読み上げる。

『はじめまして、神々に育てられしもの。わたくしの名はフローラ。大地母神教団の大司祭にして、教団の指導者、ルナマリアの育ての母でもあります』

そのような出だしのあと、ルナマリアが世話になっていることへの感謝がびっしりと綴《つづ》られている。その愛情深い文章にこちらまでほっこりしてしまうが、その後に書かれた文章は穏当なものではなかった。

『実は神殿へと続く道にゾディアック教団が潜んでいて、総力をあげてあなたたちを待ち構えています』

大神官フローラは僕たちに危険を告げる。

「やはり我々は疎《うと》まれているようですね」

「そりゃあ、あれだけ派手にやりあえばね」

僕は苦笑を漏らす。斬り倒したゾディアック教団関係者は数十に及ぶだろうか。彼らの守護者ともいえる悪魔も三体ほど倒した。いわばゾディアック教団にとって僕は不倶戴天《ふぐたいてん》の敵であった。

「しかし、なるべくならばゾディアック教団と戦わずに神殿まで行きたいものです」

吐息を漏らすルナマリア。

「ゾディアック教団が待ち構えているのならばそれをはねのけるだけだよ」

「ウィル様にしては好戦的で驚きです。ウィル様は平和主義者だと思っていました」

「昔、ヴァンダル父さんに同じことを言われたよ。でも向こうが僕の分までやる気を持ってくれている状態だし、のんきに罠《わな》に掛かる気はないよ」

「ご安心を。フローラ様はこのルナマリアよりも遥《はる》かに知恵がある方です」

「………」

手紙の続きを読め、ということだと思ったので素直に従う。

『もしもこのままなんの策もなく街道を進めば、神々の祝福を得たあなたたちとはいえ、敗北は免《まぬが》れないでしょう。しかしわたくしはそれを避ける策を知っています』

大神官フローラは流暢《りゅうちょう》に語る。文字によって僕たちに叡智《えいち》を授けてくれる。

『この先にある分かれ道を右に行くのです。その先には旧街道があります。朽ち果てた道、険しい道ですが、ゾディアック教団の魔の手を避けることが出来るはず』

文字に力強さが加わっている。文字からも彼女が興奮しているのが伝わってきた。

軽くルナマリアを見る。彼女もまたフローラさんの意見に賛同のようだ。

「この辺りの地形を考慮すれば旧街道は難路ですが、それでもゾディアック教団が手ぐすね引いて待ち構えている道よりは、遥かに安全かと」

神殿へ続く街道を知り尽くしているルナマリア。彼女の言葉は重かったので、フローラさんの提案に従うことにする。

その後、僕たちはテントの中でぐっすり休むと、翌朝、旧街道に向かった。

†

ベーコン・サンドの朝食を食べ終えると、そのまま街道を西に向かった。

まっすぐに行けば最短距離で大地母神の神殿に到着するが、トラブルを嫌った僕たちは旧街道に向かう。

途中、大地母神の熱心な信者である老夫婦に祝福を授けるルナマリア。彼らのような善良な市民に害が及ぶのは出来るだけ避けたい。旧街道を使ってトラブルなく神殿に向かうことを決めた僕たちは、なんの躊躇《ちゅうちょ》もなく、分かれ道を右に進んだ。

旧街道——。大地母神の神殿に続く道。

かつてはこの街道が主要な道路であったが、使われなくなって久しい。フローラさんが手紙で説明したとおり、難路なのだ。

今にも崩れ落ちそうな断崖、それに凶暴な魔物が棲息《せいそく》する森のすぐそばを通らなければいけない。かつてこの道を使っていたときは、大地母神の神殿に向かうものたちに多大な被害が出ていたらしい。

それを見かねた当時の大司祭が裕福な教徒や商人たちに呼びかけ、新しい街道を整備したのだ。旧街道はもはや修験《しゅげん》者も使わない。

そのような道を使って神殿に行かなければいけないのは皮肉を感じるが、トラブルに巻き込まれないと考えれば幸せなことかもしれない。

そのように思っていると、さっそく、魔物の群れと出くわす。凶悪なゴブリンの群れが立ち塞がる。しかも彼らの親玉はゴブリンではない。トロールがゴブリンたちを従えているのだ。

「……旧街道に入った途端、これか」

やれやれと思ってしまう。

「仕方ありません。この辺はミッドニアの治安騎士団も通らないですし、教団の自警団も近寄りません」

「凶悪な魔物たちがうようよしているってことだね」

「そうなりますね」

「まあ、それでもゾディアック教団と戦うよりはましかな」

そのように漏らすと腰からダマスカスの剣を抜く。

「イージスはまだ眠っているようだけど、ダマスカスは元気みたいだ。人間じゃないのならば手加減しないよ」

ゴブリンはもちろん、トロールも凶悪な魔物。二本足だからといって容赦する必要はない。

彼ら亜人タイプの魔物は、周辺の村を襲って家畜を奪ったり、田畑を荒らしたり、ときには人も殺す悪い魔物なのだ。また、目の前の魔物は腹を空《す》かせているようで、僕たちを夕飯にする気満々だった。手加減をするべき理由は一切ない。

そう思った僕は襲いかかってきたゴブリンを一刀のもとに斬り伏せる。

真っ二つになるゴブリン、彼の仲間は青ざめるが、それでも戦意は喪失しない。通常、ゴブリンは臆病な生き物だが、例外もある。彼らのリーダーであるトロールは、引くことを知らない勇敢さと残忍な性格を持っているようだ。逃げだそうと数歩下がったゴブリンを棍棒《こんぼう》で叩《たた》き潰していた。

まったく、悪魔じみた性格である。僕たちよりもトロールを恐れるゴブリンたちは、一斉に襲いかかってくる。幸い彼らの憎悪《ヘイト》は僕に集中しているようで、ルナマリアには数匹のゴブリンしか向かわなかった。ルナマリアは訓練された神官戦士、ゴブリンなどものともしない。細身の剣と神聖魔法でなんなくいなす。

僕もゴブリンごときには後れを取らない。石のナイフを持ったゴブリンは蹴飛ばし、錆《さ》びた小剣を持ったゴブリンは剣ごと切り裂く、なんなくゴブリンたちを駆逐していくが、彼らのボスは例外だった。手下を何匹もなくしたトロールは怒り狂いながら棍棒を振り回す。なんとかその一撃を避《よ》けるが、先ほどまで僕がいた場所に、大きな穴が空いていた。

「……以前、戦ったトロールと同じくらい強いかも」

以前、不浄の沼で戦った不死身のトロール、やつの膂力《りょりょく》は化け物じみていたが、このトロールも同じかそれ以上の力を持っているように見える。

「まあ、不死身の特性はなさそうだけど……」

もしもこいつが不死身ならば倒すのに一苦労しそうだが、幸い不死身に近い回復力を持つ特殊個体はそうそういないらしい。力だけならばなんとかなる。

そう思った僕は、襲いかかるゴブリンを蹴散らしながら、やつの隙をうかがう。ゴブリンの攻撃をかわしながら、ときにはゴブリンを盾にし、あるいは避雷針にする。そうすればトロールの攻撃が弱まるかと思ったのだが、それは虫が良すぎるらしい。トロールはゴブリンの犠牲など気にする様子もなく、攻撃を加えてくる。いや、それどころかゴブリンの身体を武器にすることも。トロールは近くにいたゴブリンをむんずと摑《つか》むと、それを投げてくる。

僕はひょいと避けるが、後方を見ると、岩場に激突してミンチになったゴブリンの姿が。とんでもない力であると同時に、とんでもない残忍さを発揮するトロール。まったく、トロールというやつはどうしてこうも冷酷なのだろうか。ゴブリンに同情したわけではないが、そうそうにけりを付けたい。ダマスカスの剣に《風》という魔法文字を書き、魔力を込める。斬撃に特化した魔法を掛けるのだ。いわゆる魔法剣であるが、さらに攻撃の質を高めるために魔法を帯びさせた剣を一度鞘《さや》にしまう。魔法剣プラス抜刀術で威力を何倍にも増強させることにしたのだ。

不死身のトロールを倒したときは宇宙空間に送り込むという搦《から》め手を使ったが、今回は正面からぶった切る。以前は使えなかったカミイズミ流の奥義《おうぎ》を使うのだ。史上最速にして最高の抜刀術、天息吹活人剣《てんいぶくかつじんけん》でけりを付ける。剣術の神様ローニン父さんの師が編み出した最強の抜刀術に魔法を施した一撃でけりを付けるのだ。僕は容赦することなく、筋骨隆々のトロールにその一撃を放った。

やつは、真っ二つになる――ことはなく、僕の斬撃は肩口に十数センチめり込んだだけで止まった。

無論、トロールとて痛みは覚えているが、回復力が尋常ではないやつらにとってそれは致命傷とはなり得なかった。にやりと笑うトロールの反撃を避けるべく、後方に跳躍するが、凄《すさ》まじい勢いの一撃が先ほどまで僕がいた場所に落ちる。

ずどん、と大穴がうがたれる。それをやれやれと観察する。どうやら僕は特殊な個体のトロールに出くわす確率が高い星の下に生まれたようで。

「いや、むしろ、普通の個体のトロールは見たことないかも」

そのように吐息を漏らすと、さらに落胆する事態に。見れば街道の先のほうから、同じような背丈のトロールが二体、増援に現れた。顔もそっくりだからもしかしてこいつらは三兄弟なのかもしれない。まったくはた迷惑な三兄弟であるが、このような事態になったからには〝撤退〟も考慮しなければいけない。

後方を確認する。前方にはトロール三兄弟が立ちはだかっているが、後方には誰もいない。ルナマリアとタイミングを合わせれば逃げることは可能であった。ゾディアック教団を避けるために選んだルートであるが、このような化け物と正面から戦う理由もなかった。ここはいったん、撤退して策を練り直したほうがいい。

そう判断した。

――その判断は間違ってはいなかったが、実行に移されることはなかった。

「撤退なんて負け犬がすることよ！」

誰もいなかったはずの後方から凛《りん》とした声が響く。どこかで聞き覚えがある女性の声だった。懐《なつ》かしさを覚える声であったし、慈愛に満ちた声だったので、僕は警戒することなく、その声に従う。

「ウィル、今から私が会心の一撃を加えるから、もう一回、今の一撃をトロールに加えて！」

指示通りダマスカスの剣を鞘に収めると、再び天息吹活人剣を放つ。

刹那の速度で放たれた抜刀術は先ほどのようにトロールの肩にめり込むが、やはり切り裂くことは出来なかった。

まったく、なんて筋肉を持っているんだ、と嘆くが、声の主は気にした様子もなく、

「どっせーい‼」

と叫びながらフレイルを振り回す。

なんと彼女はめり込んだダマスカスの刀身の上に、フレイルを振り下ろしたのだ。彼女のフレイルの一撃は、天息吹活人剣の威力を何倍にも跳ね上げる。一〇センチほどめり込んでいた剣をさらに三〇センチほどめり込ませる。三〇センチもめり込めばトロールとて死は免れない。重要な臓器を切り裂かれたトロールは崩れ落ちる。

それを見ていたトロールの兄弟たちは怒りに震えるが、僕はそれよりもフレイルの持ち主を確認したかった。最高の助力をしてくれた人物、どこか聞き慣れた声を持つ女性、それはやはり見慣れた人物だった。僕は彼女の名前を叫ぶ。

「リアさん！」

名前を呼ばれたリアは嬉《うれ》しそうに微笑《ほほえ》み返す。

「久しぶりね。草原のダンジョン以来かしら」

「そうですね。ジュガチ村で別れて以来です」

「なつかしーわね、ジュガチ村。馬乳酒が美味《おい》しかった」

「ですね」

僕は彼女と過ごした日々を思い出す。そういえば彼女との出逢《であ》いも戦闘だった。あのときもまたゴブリンに襲われていたところを救われたのだ。その後、意気投合し、一緒に草原のダンジョンに潜ったのだっけ。

「ゴブリンは私とウィルの仲人《なこうど》なのかもね」

「かもしれません」

そのようにやりとりしていると、ルナマリアが注意を喚起してくれる。

「ゴブリンは一掃しましたが、トロールはまだ二体、残っています。それに彼らは兄弟を殺されていきり立っている」

たしかに残り二体のトロールの目は血走っていた。格闘タイプのほうのトロールは上半身の布きれを破り、雄叫《おたけ》びを上げていた。大剣を持ったほうのトロールはぶんぶんと剣を振り回し鼻息を荒くしている。もはや勘弁ならん、トロール語でそのように叫んでいることとは明白であった。

「元々、勘弁なんてする気はないでしょ」

やれやれ、とポーズを取るリア。

「だね。元々、僕たちを食べる気満々だったくせに」

「獲物が反撃してきたからって、怒るようでは三流ね。ま、自然界の法則を教えてあげましょうか」

「弱肉強食の掟《おきて》？」

そのように尋ねると、リアはにやりと笑って首を振り、このように宣言する。

「いんや、適者生存リア様最強の法則よ」

リアはそのようにうそぶくと、僕の三倍の速度で大剣を持ったトロールの懐《ふところ》に入った。彼女はトロールの一撃をかわすと、遠心力を利用してフレイルの一撃を見舞う。それを大剣で受け止めたトロールであるが、リアの一撃によって大剣はぐにゃりと曲がる。まるで飴《あめ》細工のように簡単に曲がっているが剣がもろいのではなく、リアの力が半端《はんぱ》ないのだ。

とある神の巫女《みこ》、神官戦士リアは怪力無双なのである。腕が僅かばかりも衰えていないことを証明するように、リアはフレイルをトロールにぶつけていく。顎、腕、足、トロールのあらゆる骨を砕いていく。一撃でけりを付けないのは慈悲の心ゆえだろう。

彼らが退散するのならば見逃すつもりでいたようだが、トロールはこの期《ご》に及んでも増援にやってきたゴブリンの群れに攻撃を命じた。リアは大きく溜《た》め息をつく。

「大昔、聖と魔が争った戦争でもあんたらみたいな指揮官がいた。己の力量も弁《わきま》えない低能が。それだけじゃなく、部下の身まで危険にさらす――」

リアはそこで言葉を句切ると、声に冷気を込めながらつぶやく。

「そういう輩《やから》は遠慮なく、脳漿《のうしょう》を吹き飛ばすわよ。それがこの世界のためってもんよ」

そう言い放つとリアは躊躇《ちゅうちょ》することなく、フレイルをトロールの後頭部に当て、その脳を砕く。

脳漿が飛び散る。フレイルによって割られたトロールの頭蓋骨は石榴《ざくろ》のようにぱっくりと割れ、鮮血を放つ。兄弟の脳漿を見ても怯《ひる》まない最後の一体、彼も数秒後には肉塊へと姿を変える。

リアは少し悲しげにトロール三兄弟の死体を見下ろすが、すぐに残りのゴブリンたちをきっと睨《にら》み付ける。群れの中で最強のトロール三兄弟を殺した神官戦士に恐怖しないものなど一匹もいなかった。皆、腰を抜かすと武器を落とし、逃げ出した。トロール三兄弟を倒し、ゴブリンの群れを追い払った僕たち。改めて今回の戦闘の立役者に賛辞を贈る。

「リア、ありがとう。君がいなければ負けていたかもしれない」

その言葉を聞くとリアは張り詰めていた表情を緩める。

いつものような笑顔を取り戻すと、気軽に「まあ、当然っしょ～」と言う。

ルナマリアも深々と頭を下げ、再会を喜ぶと、三人は当然のように一緒に旧街道を歩き始めた。三人には「一緒に旅をしよう」という言葉など不要なのである。

ところどころ石畳が朽ちた旧街道を歩く。三人は仲良く横に広がって歩くが、注意するものはいない。この道は僕たち以外、誰も通っていないからだ。

「――――」

心地よい沈黙が続くが、しばらくするとルナマリアが口を開いた。

「――それにしてもリア様、懐かしゅうございますね」

「そうかしら。私は定期的にあんたたちのことを見ていたからそうでもないわよ」

「僕たちのことを？」

「そう、水晶玉で見てた。みんなで」

「水晶玉って、そんなアーティファクトどこで？　まるで父さんたちみたい」

その言葉でぎょっとするのはリア、「余計なこと言った」と慌てる。なんとか誤魔化そうとするが、的確なフォローをしたのはルナマリアだった。

「ウィル様、神に仕えるものは水晶玉を持っているものなのです」

「そうなんだ」

「一家に一台ですよ。水晶玉を見て家族の安否を確認します」

「へえ」

「今もフローラ様は私たちを見ているのではないでしょうか？」

「そうなの？」

天を仰ぎ、周囲を観察するが、魔力の気配はなかった。使い魔の気配も。

「フローラ様クラスになると気配も痕跡も残しません。ただ、確実に見ています。吐息が掛かりそうな距離で私たちを心配してくれているのを感じます」

ルナマリアは神に祈りを捧《ささ》げると同時に、愛情深い育ての親に感謝を捧げる。

「となると僕は父さん母さん、フローラさん、リアたちにも監視されているんだね」

「ゾディアック教団にもされているかもよ」

「そうだった。大人気コンテンツだね」

「そういうことです。しかし、ゾディアック教団の期待に添うことはないでしょう」

「そういうこと。やつらを歯ぎしりさせてやりましょう！」

おー！　と腕を振り上げるリア。

んー、なんか誰かに似ているなあ、と思ったが、それ以上、深くは考えないようにする。

思考を放棄すると、ルナマリアは、

「さすがはウィル様です。細かなところを気にされない大物です」

と褒めてくれた。

よく分からないが、素直に礼を言うと、僕はリアに尋ねた。

「ところで助けに来てくれたのは嬉しいけど、リアってどこかの神殿の巫女様なんでしょう？　大地母神の神殿に向かうたびに参加していいの？」

「ノープロブレム、モーマンタイ、問題ないわよ。私の信仰する神様は心が広いの。あの最強にしてこの世でもっとも美しい女神と同じくらいおおらかなのよ」

ちなみにその女神の名前は、ミで始まって、途中にリが入って、最後はアなのだそうな。

神々辞典を調べれば該当する神が分かるかもしれないが、どうでもいいのでそのようなことはしない。

「ただ、さすがに同行するのは神殿までね。私の目的はあんたたちを無事、神殿に送り届けること」

「それだけでも有り難《がた》いよ。君がいてくれれば百人力だ」

「千人力の間違いでしょう」

ふふふ、と笑い合うと、旧街道の先に街が見えてくる。旧街道にはかつては宿場町があったというが、今は新街道のほうに移転している。つまりあの街には誰も住んでいないのだ。

「いわゆるゴーストタウンね」

「そういうことだね。あそこを突っ切れば神殿は目前らしい」

「となるとあそこを突っ切らない手はないけど……、なんか、本当におばけが出そうな感じね」

「たしかに」

崩れかけた建物、猫の子一匹いない通り、すさんだ空気が流れる。幽霊宿場町という言葉がぴったりであったが、それでも迂回《うかい》するという選択肢はない。周辺の森や断崖を通ることも可能だが、その場合はより凶悪な魔物に襲われる可能性があるのだ。それに今の僕には強力な仲間がいた。

一緒に多くの苦難を乗り越えた大地母神の巫女様を見つめる。次いで見つめるは、時折、僕を助けてくれる謎の神官戦士様。そのどちらも神々に仕えるものという共通点がある。両者、神聖魔法の使い手なのだ。ならば幽霊《ゴースト》や不死族《アンデッド》の類いを倒すなど、朝飯前のような気がした。彼女たちは神聖な力で邪悪をはね除《の》けることが出来るのだ。いかにも幽霊が出そうな街とは相性が良さそうだった。

そう思って廃墟《はいきょ》の街に足を踏み入れるのだが、僕の勘は半分当たって、半分外れた。たしかにこの街は幽霊や不死族に満ちていたが、それ以上の存在も待ち構えていたのである。

†

大地母神の神殿に続く旧街道、そこにかつてあった宿場町の名をスケアという。

今はニュースケアとして新街道にある街だが、旧のほうもなかなかに規模の大きな街であった。少なくとも三〇分は歩かないと街を突っ切ることは出来ないだろう。

僕たちはゴーストタウンと化した街を歩く。途中、ギシギシと家の扉が開いたり、窓の中に薄ぼんやりとした女性の影が見えたり、ゴーストタウンに恥じぬ怪異を見せてくれたが、襲いかかってくる気配はなかった。

「やっぱ神官戦士がふたりもいれば幽霊もびびるのね」

ターン・アンデッド！　と叫ぶリア。

ルナマリアも聖なる魔法が付与された小剣を握り締め、臨戦態勢を取っていた。

「こういうときは本当に助かるけど、ある意味、活躍の場がなくて可哀想《かわいそう》かも」

「ですよねー。アンデッドってあんまり出てこない上に、出てきても瞬殺じゃ立つ瀬ないわー」

そのように余裕をかますリアであったが、ルナマリアの表情は険しかった。

「どうしたの？　さっきから、マリ坊」

マリ坊とはルナマリアのことだろうか。ルナマリアは気にすることなく、返答する。

「いえ、変なのです」

「うち捨てられた街に幽霊が集うなんてよくあるでしょう」

リアは窓から恨めしそうにこちらを見る幽霊にガンを飛ばす。

幽霊は震え上がって昇天する。

「はい。それは承知していますが、建物内にいる幽霊たちには敵意はありません。いえ、むしろ私たちを心配してくれているような」

「心配？」

「そうです。なんとなくですが」

ルナマリアは目が見えない代わりに気配を感じ取ることに秀《ひい》でている。僕は彼女の直感をなによりも信じていた。なので窓際《まどぎわ》にいる幽霊たちを観察する。ひとりの女性の霊を見ると、彼女の唇が動いていることを発見する。ヴァンダル父さんに習った読唇《どくしん》術の出番かもしれない。そう思った僕は注意深く彼女の唇を見つめる。

「は、や……、く、に、げ、ろ……かな」

女性霊の唇はそのように告げているような気がした。幽霊は己が見た最後の風景を見続けるという習性があるから、気にしていなかったが、稀《まれ》に知性のある幽霊もいる。そんな幽霊が「逃げろ」と伝えているのならば、もしかしてなにかあるのかもしれない。そう思った僕は歩みを早める。

「ちょっとちょっと、ウィル、なに早足になってるのよ。こっちはか弱い女子なのよ？」

「ごめん、でも出来るだけ早くこの街は抜けたほうがいいみたいだ」

「ですね、急ぎましょう」

少し小走り気味になるルナマリア。リアも最後は納得し、歩調を速めるが、すぐに異変に気が付く。リアが指摘をする。

「――おかしいわね。街の先が見えない」

「街の先が見えない……のですか？」

ルナマリアは目が見えないから確認することは出来ないようだ。代わりに僕が説明する。

「もう、街に入ってから結構経《た》つのに出口が見えない。――この街はどこまでも続いているような気がする」

「まさか……」

驚愕《きょうがく》するルナマリアだが、リアは冷静に、

「無限回廊かもしれないわね」

と言った。

「無限回廊とは無限に続く道、魔法や不可思議な力で作られた特別な空間ということですよね」

「そういうこと。もしかして私たちは罠《わな》にはめられたのかも」

「ゾディアック教団でしょうか」

「だろうね。他に思い浮かばない」

せっかく、フローラさんに抜け道を教えてもらったのだが、どうやらそちらの道も押さえられていたようで……。

「まあ、仕方ない。ゾディアック教団が一枚上だった、ということで」

「そうですね。今さら戻ることも出来ないですし」

「そういうこと。じゃあ、さっそく、無限回廊から脱出する手段を考えましょう」

リアは元気に言い放つと、己の身体《からだ》に聖なる力を纏《まと》わせる。

「神聖魔法だって、こんなことも出来るんだからね」

彼女はそう前置きすると、己の背中に光の翼を生やす。

「ばびゅーん！　《聖なる翼》の神聖魔法。《飛翔《ひしょう》》なんかよりも持続時間は長いんだからね！」

リアはそう宣言すると、そのまま飛び立つ。

空から一気に無限回廊を抜けようと試みるつもりのようだが、数十メートルほど飛んだところで頭をごっちんこする。

「ごいん！」

というすごい音がすると、そのまま落下してくる。僕は慌てて彼女を受け止めるが、彼女の瞳は星がくるくると回り、頭に大きなたんこぶが出来ていた。空を見上げればたしかに薄もやのカーテンのようなものがある。そこが境界線になっているようだ。

「横は無限に同じ場所をループする回廊。空は魔力の壁か」

「厄介ですね」

ルナマリアはリアのたんこぶを魔法で癒やしながらつぶやく。

「だね。でも、この無限回廊が人為的に作られたものならば、解除する手段は必ずあるはず。それを探そう」

「はい」

ルナマリアは即答する。

たんこぶを作ったリアは、無限回廊の制作者に復讐《ふくしゅう》心を燃やす。

「絶対、このフレイルで殴ってやる！」

燃え上がるリアだが、彼女の馬鹿力で殴られるほうは堪《たま》ったものではないだろう。僕は迷宮の作者に同情しながら、脱出方法を模索し始めた。

†

三人で手分けをして脱出方法を探す。

戦力の分散は危険であったが、この広い街をひとかたまりで移動するのは非効率的だった。

ただ、リアとルナマリアの安全は配慮したかったので、彼女たちにはペアで動いて貰《もら》う。

リアは「ぶーぶー」と文句を言ったが、なんとか説得すると、僕は西を、彼女たちには東を探索して貰うことにした。

ウィルの背を見送るルナマリアとリア。

二人きりになるとリアは小さな声でありがとうと言った。

「なんのことでしょうか？」

ルナマリアはすました声で尋ね返す。

「いや、まあいいけどさ」

とはリア。ちなみにリアがなぜ礼を言いたいのかといえば、それはルナマリアが秘密を守ってくれたことに対してだ。ウィルはいまだに気が付いていないが、リアの正体は治癒の女神ミリアだからである。草原での出会いもそうだが、ウィルは少しだけ鈍感なところがあった。まさか育ての母のミリアが十七歳の娘の姿でやってくるとは思っていないのだ。

ミリアは他の神々に「私もまだまだ捨てたもんじゃないでしょ」と自慢したが、ウィルが純真すぎるだけだ、と反論された。ウィルの純真さを誰よりも知る身としては反論できないのが悔しいところであるが……。そのように神々とのやりとりを思い出していると、ルナマリアはにこりと微笑《ほほえ》み、こう言った。

「ウィル様が羨ましゅうございます。こんなにも素敵なお母様がいて」

「ありがとう。それは否定しないわ。私はママにしたい治癒の女神ランキング一位だもんね」

ちなみに治癒の女神と呼ばれる女神はミリアだけである。

「剣術馬鹿のローニンは過保護って言うけどこればかりはやめられない」

「いいことだと思いますよ。お母様は何歳になってもお母様です」

「……」

じーっという擬音が出そうなほどルナマリアを見つめるミリア。さすがに冷や汗をかいてしまう。

「な、なぜにそんな目を……」

「いや、私に取り入って嫁入りを狙ってるんじゃないかと思ってさ」

「私は大地母神の巫女《みこ》ですよ。その身を神に捧《ささ》げたものです」

「じゃあ神様の子供の嫁にちょうどいいすわー、とか思っていそう」

「思っておりません！」

「ほんとにー？　毛の先ほども考えなかった？」

「それは……」

言いよどんでしまったのは脳裏にウィルの笑顔が浮かんでしまったからだ。もしもあの笑顔に包まれ続けることが出来たら、女性として幸せなことだろうと思ってしまったのだ……。

ルナマリアは慌てて不純な考えをかき消すと本当の気持ちを話した。

「ウィル様は素敵な方だと思いますが、私は従者としてお傍《そば》にいられればそれで幸せです」

ミリアはさらにルナマリアを見つめると、ルナマリアの中に真実を見つけたようだ。以後、茶化さなかった。

「ウィルと私の関係を羨んでいるようだけど、あんただって木の股から生まれてきたわけじゃないんでしょう?」

「そうですね。このルナマリアも人の子、産みの親もいれば育ての親もいます」

「そうか、あんた、そういえば幼い頃に両親を亡《な》くしたんだっけ」

「はい。流行《はや》り病で両親を亡くしました。四歳のときでしたでしょうか。その後、神殿に引き取られ、以来、大司祭のフローラ様に育てて頂きました」

「へえ、ある意味、巫女のエリートコースね」

さぞ才能があったのでしょうね、と続けると、ルナマリアはゆっくりと顔を横に振る。

「まさか、その逆です。あまりにも才能がなくて、フローラ様以外は困り果てたそうです。この子だけは巫女にはなれないだろうと烙印《らくいん》を押されました」

「意外。器用そうに見えるのに」

人は見た目によらないのです、少しだけ偉そうにえっへん。

「ですがフローラ様はそんな不器用な私を慈《いつく》しんでくれました。手塩にかけて育ててくれました」

他の巫女候補よりも手間と暇をかけてくれた。他の巫女候補よりも厳しく躾《しつ》けてくれた。傍《はた》から見れば虐待にも近い育てられ方をしたが、そのおかげでルナマリアは神の声を聞けるまでの巫女となれたのだ。感謝の言葉しかない。ルナマリアはフローラ様にどのように育てられたか、詳しく話す。

大地母神の神殿での生活は日が昇る前から始まる。かじかむ手を吐く息で温めながら、先のほうが霞《かす》むほど長い廊下を雑巾掛け。それで温まった身体を冷やすため、神殿の裏にある滝で滝行を行う。唇が紫色になるまで滝に打たれ続ける。その後、やっと朝ご飯であるが、マッシュポテトと酢漬けのキャベツが少しだけ載った質素なものが毎日続く。これが朝の基本で、昼は托鉢《たくはつ》や説教、あるいは神学や農法の勉強、夕刻には剣の訓練や神聖魔法の鍛錬が待っていた。日が落ちると二度目の質素な食事をして、眠る。そのような生活を五年ほど続けると、やっと神の声が聞こえ始めるのだ。

視力のほうは神殿にやってきて間もなく神に捧げた。フローラ様が、この子ならば神の声が聞こえるようになるはず、と見切り発車的に捧げさせたのだ。彼女の慧眼《けいがん》は素晴らしく、ルナマリアは一〇歳になる前には神の声が聞こえるようになっていた。そのことをミリアに話すと、彼女は顔を引きつらせる。

「あ、あんた、児童虐待って言葉知っている？」

「知っています、恐ろしいことですね。我が教団は地上からそのようなものを一掃しようと努めております」

「いやいや、まずは大本からなんとかしなさいよ」

「と、申しますと？」

「あんたの育てられ方は異常だって」

「巫女を目指すものは皆、同じように育てられていますが？」

「じゃあ、集団虐待だ。常態化してるのね」

「そんな、大げさな。私のような試練を受けるのは巫女と巫女候補だけです。辞退すればそのようなカリキュラムは受けません」

「なんで辞退しなかったの？」

「私には身寄りもありませんでしたし、それにフローラ様の期待に応えたくて」

「そのフローラってのはあんたの目を潰したんでしょ？」

「はい」

「他の子たちも？」

「まさか。私だけです。ルナマリアは盲目の巫女になれると周囲の反対を押し切って光を失う薬を飲ませたそうです」

「やっぱ変よ。あんたにだけ異常に厳しい」

「期待の表れ。他の司祭様はそうおっしゃっていました」

にこりと即答するルナマリア。これ以上、なにを言っても無駄なのかもしれない。虐待された子供は保護されたあと、虐待した親を庇《かば》うことがあるという。それと一緒なのだろう。そう思ったミリアはぽりぽり、と頬の辺りを人差し指で掻《か》くと、ルナマリアを抱きしめる。

「わ、急にどうされたんですか？」

「なんでもないわよ。寒いから暖を取っているだけ」

「今日は小春日和ですが」

「女は冷え性なの」

ミリアはそのように言い訳すると、しばし抱擁し、離れた。

一応、勘違いされないように釘《くぎ》は刺すが。

「いい？　別にあんたのことなんてなんとも思っていないんだからね！　これでウィルのお嫁さんになれると思ったら、大きな間違いなんだから！」

指を突きつけ、そう言い放つミリア。そんな彼女の姿を見ていると、ルナマリアは笑いが漏れ出そうになる。彼女の言い様が「ツンデレ」そのものだったからだ。ウィルに読んで貰った物語に出てくるツンデレお姫様に瓜二つ《うりふた》のミリア。なかなかに可愛《かわい》らしいと思ったが、ツンデレの対処法は決まっている。

ルナマリアはただ、にこやかに、「ありがとうございます」と返すだけだった。

†

数刻後、僕とルナマリアたちは元いた場所に戻る。それぞれの表情を確認するが、手がかりのようなものはなかったようだ。一応尋ねてみる。リアは落胆しながら答える。

「建物を中心に探したけど、なーんも収穫はなし」

「低級なゴーストの襲撃はありましたが、リアさんが一喝したら消えました」

ルナマリアが補足する。

「なるほど、僕も似たようなもの。レイスとかに遭遇したけど、そんなには強くなかった、魔法の武器もあるし」

幽霊は通常、物理攻撃が効かない。神聖魔法か魔法の武器を使わなければ倒せないのだ。

「まったく、文字通り本当にゴーストタウンよね。人っ子ひとりいない」

「猫の子一匹いなかったね。まあ、餌もないだろうけど」

「てゆーか、お手上げ。術者、もしくは術者が作製した無限回廊を生み出す装置を破壊すればここから出られるのだろうけど」

「巧妙に隠されているんだろうね。どんなに探知しても見つからなかった。——これは考え方を変えたほうがいいかも」

「と申しますと？」

「敵は隠れる名人なんだ。ならばいくら探しても無駄だとは思わない？」

「そうね。私はかくれんぼ検定上級持っているけど、敵は一枚上手みたい」

どんな検定なのだろう、と思ったが、気にせず続ける。

「僕にちょっとした考えがあるんだ。それをやれば敵は慌てて姿を出すんじゃないかな、と思うんだけど、ちょっと聞いてくれるかな」

「聞く聞くー」

「拝聴したいです」

それぞれに微笑むと、ルナマリアとリアは耳を傾けてくれた。彼女たちの美しい耳元に手を添えると、ごにょごにょと策を説明する。僕の策を聞いた彼女たちは表情を輝かせ、いつもの言葉をくれた。

「さすがはウィル様です！」

その後、リアは抱きしめてくるが、彼女の胸はとても大きいので照れる。

しかし、どこか懐《なつ》かしいような感触を覚えるのはなぜなのだろうか？

僕の策を実行するのには、条件が必要であった。そのひとつが土煙が舞うような地面を見つけるということだった。これは先ほどルナマリアたちが見つけてくれたので、その場所に向かう。二手に分かれたのは、途中、リアにとあるものを用意して貰《もら》うためだった。

結構、大きなものなのだが、怪力無双の彼女ならば苦もなく用意してくれるだろう。実際、彼女はそれをひょいと持ってきてくれた。僕はそれを受け取ると、土埃《つちぼこり》舞う場所で準備を始める。これ見よがしに用意をするのは、どこかで観察しているはずの邪教徒たちに見て貰うためだった。わざとらしい台詞《せりふ》を漏らす。

「さあて、周囲を探索して、脱出方法も分かったし、実行するか」

「まあ、そのような方法を思いついたのですね、さすがはウィル様です」

「…………」

リアが絶句しているのは僕たちの演技があまりにも大根だからだろう。三流の喜劇役者のようであった。しかし、僕たちは役者ではなく、冒険者、チケット代を受け取るわけではないので、これで十分だった。ゾディアック教団に〝僕が今から脱出する〟と誤解させることさえ出来ればいいのだから。さらにわざとらしく続ける。

「さあて、これから僕は脱出するけど、さすがにみんなは無理だ。だから僕だけ脱出して、ヴァンダル父さんを連れてくるよ。なんせ、ヴァンダル父さんは史上最強の魔術師のひとり、魔術の神様になった人だからね」

「それは頼もしい」

三文芝居を終えると、僕は身体《からだ》に魔力をまとわせる。蒼《あお》いオーラが全身を包み込むと、大気が震える。圧倒的魔力を解き放っているからだが、ここで無駄遣いはしない。

ただ、僕は《飛翔《ひしょう》》と《衝撃》の魔法を同時に放っただけだった。飛翔の魔法はとある物体を上空に飛ばすために使った。衝撃の魔法は上空にある魔力の壁を打ち破るため——ではなく、地面にある土を巻き上げるため……。

どーん

という音が響き渡ると、僕の足下は土煙に包まれる。それと同時に上空に向かいひゅっと飛ぶ影が。

影はとんでもない速度のため、ルナマリアもリアも捕捉できなかったようだが、上空の魔力の壁は違った。すぐに影を捕まえる。影は勢いよく壁にぶつかるかに見えたが、壁に触れるか触れないかのところで四散する。周囲のものはなにが起こったのかさえ分からないだろう。

この光景を観察しているゾディアック教団の手のものが騙《だま》されてくれればそれでいいのだ。ルナマリアとリアは手はず通り、土煙で見えなくなった僕のことに触れる。

「さ、先ほどまであそこにいたウィル様がいなくなっています」

「あ、ほんとだ。もしかして、今の爆発を利用して壁の外に？」

「そうとしか考えられません。ウィル様ならば壁の外に出るくらい簡単です」

「それにしても酷《ひど》いわねえ。私たちを置いていくなんて」

「違います。ウィル様は助けを呼びにいったのです。魔術の神ヴァンダル様がやってきてくだされば、無限回廊など即座に消せます」

大根演技に三文芝居を掛け合わせたかのようなやりとりだが、気にはしない。この一連の光景を見た観察者が業を煮やしていると分かったからだ。

ルナマリアとリアの周囲に邪悪な気配を感じる。見ればいつの間にか周囲をゾンビとゴーストの群れが囲んでいた。ルナマリアは小剣、リアはフレイルを握り締める。

「どうやら無限回廊で足止めする作戦はやめて、私たちを捕縛する方向に切り替えたようですね」

「ま、肝心のウィルが逃げてしまって、ヴァンダルの助けが来ることが確定している今、それしかないでしょうけどね」

芝居掛かった台詞は終わり、ふたりは皮肉に満ちた言葉を漏らす。その言葉に反応したのはアンデッドの群れを使役する人物、死霊魔術師《ネクロマンサー》だった。彼は離れた位置から肯定する。

「その通り、我々がほしいのは神々に育てられしものの命。まさか逃げられるとは夢にも思っていなかったが」

「あんたの作った無限回廊がへぼかったのよ」

「教団の総力を挙げて作ったのだが……」

そう宣言すると、彼は自分のローブの内側を見せる。少年少女の干し首が七つ、見て取れた。それを見たリアは表情を歪《ゆが》める。

「……この、サイコ野郎が」

ルナマリアは殺されたのだろう子供たちの魂が慰撫《いぶ》されるように祈る。

「ふぉっふぉっふぉ、心優しい娘たちだて。だが、安心しろ。すべてが終わったらおまえたちもあの世に送ってやる。そこで優しい言葉でも掛けてやりなさい」

「いつか死ぬけど、あんたたちに生殺与奪権を与えるつもりはない」

こくりと同意するルナマリア。彼女は戦女神のように剣を突きつける。

「死霊魔術師、名を名乗りなさい」

「カールグスタフ。死霊魔術師カールグスタフだ。ゾディアック教団第四旅団団長という役職もある」

「憶《おぼ》えにくい名前に肩書きね。でも、三分だけ憶えておいてあげる」

「乾麺が食えそうじゃて」

己の白髭《しらひげ》に手を当て、そのような感想を漏らすカールグスタフ。リアは三分でおまえを殺すと言っているのだが、カールグスタフは小娘ふたりに後れを取るつもりなどなかった。

「神々に育てられしものがいれば話は別だが、おまえたちふたりなどわしの敵ではない。一〇八のゾンビと二七の死霊を同時に使役できるわしには適《かな》わぬわ！」

カールグスタフが己の手の内をばらした瞬間、周囲のゾンビは襲いかかってくる。彼らはうなり声を上げながら、生きた肉を求め、迫ってきた。生者の肉に飢えたゾンビは欠食児童のような表情でルナマリアの前に飛び出したが、彼女はそれを一刀両断する。女性とは思えない力だった。カールグスタフは嘆息する。

「ほお、そちらのお嬢ちゃんはなかなかやるな。神々に育てられしものの従者だったかな」

「その通りです。私は幼き頃より剣の鍛錬を欠かしたことがありません。ウィル様をお守りするのが従者の務めですから」

「なるほどのぉ」

そう感心しているとリアも無双を始める。フレイルと自身をぐるぐる回しながら、ゾンビを粉砕していく。彼女の膂力《りょりょく》とゾンビの腐り具合は、いい感じにマッチして、周囲に腐ったミンチをぶちまけていく。

腐肉がびちょりとカールグスタフの頬に付着する。カールグスタフは嬉《うれ》しそうに長い舌を伸ばして腐肉をペロリとなめる。まったく、気持ち悪い魔術師だ。ルナマリアとリアはそう思ったが、その感想は間違っていない。彼は低級の霊を一箇所に集めると、大きな霊を作り始めた。

「あれはレギオン!?」

「ほお、知っているか？」

「草原のダンジョンでも見た化け物です。あのとき見たレギオンはもっと大きかったですが」

「これは小ぶりだが、おまえたちを倒すのには丁度いいだろう」

そう宣言すると、低級霊が集まって出来た醜怪な怪物が襲いかかってくる。巨体に似合わぬ速度だ。ルナマリアは避《よ》けるので精一杯だった。かろうじて避けると、レギオンはルナマリアの後方にあった建物群を破壊し尽くしていた。まるで大型台風が去ったあとのような光景であった。背中を冷たい汗が伝うが、戦えない魔物ではなかった。あの重機のような突進力にさえ気をつければなんとかなるはずだ。レギオンはアンデッドの一種、ならばルナマリアの聖なる力は有効なはずなのだから。ルナマリアは小剣を握り直すと、宣言する。

「あの化け物は私が倒します。リアさんはカールグスタフをなんとかしてください」

その言葉に即応するリア。彼女はルナマリアの実力を信頼しきっていたから躊躇《ちゅうちょ》することなどなかった。

「まあ、その綺麗《きれい》な顔を傷つけないようにね。人生の先輩が言えるのはそれくらいかな」

「ちなみにどれくらいで討ち取って頂けますか？」

「四分と三〇秒くらい」

「先ほどは三分と言っていましたが？　すでにかなり時間が経《た》っていますよ」

「あれはゾンビを駆逐する時間なんですー」

負け惜しみを言うが、それでも死霊魔術師ごときには負けない、そんな気迫を感じた。カールグスタフはそのやりとりを余裕で見守る。彼はゾディアック教団でも幹部に分類される。その実力によって教団内部での地位を勝ち取ったのだ。このような小娘に負けるなどとは夢にも思っていなかった。だから小鳥のさえずりを聞くが如《ごと》く態度でふたりのやりとりを聞くことが出来た。しかし、ゾンビの群れもだいぶ駆逐された。ゾンビなどいくらでも量産できたが、これから戻ってくるだろうウィルとその父親のことを考えると悠長にはしていられなかった。

なるべく早く人質を取って、有利な状況を作っておきたかった。そう思ったカールグスタフは、リアを返り討ちにすることにした。懐《ふところ》から紫色の秘薬の入った包みを取り出すと、中身を飲み干す。邪悪なオーラがカールグスタフを包み込む。

この秘薬は術者の能力を何倍にも引き上げる。製造法は目の前の小娘が聞けば怒り狂うものだが、説明している時間はなかった。想像以上の速度で迫って来られたからだ。フレイルを剣のように振り回しながら、ゾンビを蹴散らす少女。彼女はカールグスタフの懐に入り込むと、迷うことなく彼の頭部に鉄球を振り下ろした。

普段ならばそれで脳漿《のうしょう》をぶちまけるはずであったが、今のカールグスタフは超人であった。秘薬によって身体能力が飛躍的に上昇しているのだ。リアの飛燕《ひえん》のような一撃も止まって見えた。鉄球を空中で摑《つか》むと、圧倒的な握力で握りつぶす。鉄の塊がみしりとひしゃげる。それを見たリアはにやりと笑う。

「どうした小娘、虎の子のフレイルが破壊されそうなのだぞ、もっと悲しめ」

「たしかにこれは聖なるフレイル。貴重品だけど別にどうでもいいわ。自動修復機能があるし」

「なるほどな。しかし、このままだとおまえの手もこのフレイルのようになるぞ」

カールグスタフはフレイルの鎖を引くと、リアの両手を掴む。

力比べのような態勢になる。

「じじいの癖に力持ちじゃない」

「ふふふ、暗黒の秘薬を舐《な》めるな。悪魔に魂を売ったものしか到達できない強さを得られる」

「へえ、そうなんだ。……ぐぎぎ」

リアは力を込める。怪力はリアの十八番《おはこ》。全筋力を活性化させればカールグスタフに対抗くらいは出来る。押し返されるカールグスタフ。

「ほお、その細身でなんという力。信じられぬ」

「耄碌《もうろく》してるわね。あと、人を見た目で判断しないほうがいいわよ」

「なるほど、憶えておこう。ちなみにわしはまだ全力を出していない」

「へ、へえ、そうなんだ」

さすがに少し焦《あせ》るリア。

「そうじゃのお。おまえの筋力値を三万としようか。わしの今の筋力値は四万くらいかな」

「一万くらいならば愛と勇気で補えそう」

「じゃな、愛と勇気さえあればそれくらい跳ね返せよう。しかし、わしが本気になったときの筋力値を聞いても同じことが言えるかな？」

「……ちなみに本気を出すといくつになるの？」

「三四万じゃ」

「――――」

その言葉を聞いたリアは一瞬、絶句し、顔を蒼白《そうはく》にさせる。

カールグスタフは絶望色に染まるリアを見て、愉悦の表情を浮かべる――はずであった。

はずであったのだが、リアは一向に絶望しなかった。それどころか、にこやかに笑い始めたのだ。気でも触れたのだろうか。カールグスタフは怒りに満ちた問いを投げかける。

「小娘、なぜ、絶望しない。これからおまえを圧倒的な力でねじ伏せるのだぞ！」

「らしいわね、頑張って」

「小娘、もしやはったりだと思っているのか？」

そう思ったカールグスタフは力を込める。筋力値一八万くらいまでレベルを上げる。

当然、リアはねじ伏せられそうになるが、それでも余裕の笑みはやめない。

「気でも狂ったか」

「まさかー……」

血管をブチブチさせながらリアは対抗しようとするが、それでもカールグスタフには敵《かな》いそうにない。しかし、リアには秘策があった。正確には秘策を持っている息子がいた。最後の力を振り絞って、カールグスタフを押し返すと、リアはこう言い放った。

「ウィル、そろそろ穴掘りは飽きたでしょう、約束通りこいつを押さえつけてるから、ちゃっちゃとやっちゃって！」

その要請に言葉ではなく、行動で反応するのは女神ミリアの息子、リアのことを流浪《るろう》の神官戦士だと思い込んでいる少年だった。カールグスタフの後背、地中から現れたウィルは一直線にダマスカスの剣を彼の心臓に突き立てる。

すうっとカールグスタフの肉体に突き刺さる青みがかった刀身。どのような人間も心臓を刺されて無事なわけがない。カールグスタフはゆっくりと崩れ落ちると、そのまま倒れた。口と胸から大量の血を流しながら、カールグスタフは問うた。

「ば、馬鹿な、もう間に合ったというのか……」

「違うよ。僕は最初から無限回廊を脱出していない」

「な、なんだと!?」

「土煙を巻き上げて、姿を消す。その間に地中に潜る。一方、空中にはリアが用意してくれた丸太を飛ばして魔力の壁際《かべぎわ》で爆発させる」

「傍《はた》から見ればウィルは脱出したようにしか見えないわよね」

「……なるほど、そうやってわしをおびき出したか」

「そういうこと。ついでに地中に潜ったままあなたが隙を見せるのを待った」

「……見事だ、神々に育てられしものよ」

「あなたを倒せば無限回廊は消えるのでしょう？」

「その通りだ。わしがこの回廊を作り出した」

「ならばあなたの死を見送るだけです」

僕は目をつむる。こいつは悪党であるが、だからといってその死を喜ぶ気にはなれない。

ルナマリアも同じだったようで、僕の横に寄り添い、祈りを捧《ささ》げている。

「ほお、レギオンを倒したか、娘」

「はい。強敵でした」

「祈りまで捧げてくれる。さすがは大地母神の巫女《みこ》」

「どのような悪でも死ねば骸《むくろ》です。その魂は長い時間を掛けて浄化されるでしょう」

「地獄落ちということか。まあ、いい。死霊魔術師になった時点で覚悟はしている。しかし、それにしても慈悲深い娘だな」

「その大地母神の教えが今も生きているといいが。——まあいい、近いうちに分かるだろう」

「なるほどね、大地母神ね」

死霊魔術師は含みのある表情を作ると、このような言葉を口にした。

「大地母神の教えです」

そのような謎めいた台詞《せりふ》を漏らすと、カールグスタフは死を受け入れる。

——はずであったが、その刹那、前方からレギオンが。

「ば、馬鹿な、先ほど倒したはずなのに⁉」

ルナマリアは驚愕《きょうがく》するが、カールグスタフはこう補足する。

「レギオンが一匹だなんて誰が言った？」

「なるほど、二匹目が潜んでいたということか」

二匹目は幸い先ほどのやつよりも小さかった。僕はカールグスタフからダマスカスの剣を抜くと、そのままレギオンを袈裟《けさ》斬りにする。一刀のもとに怪物を消滅させた僕。

他にも化け物がいないか、周囲に注意をやるが、それ以上の危険は確認できなかった。

僕はダマスカスの剣についた血を拭いながら、

「残念でしたね。最後の一撃——」

そのようにカールグスタフに話し掛けたが、驚愕する。

なんと先ほどまでいたカールグスタフがいなくなっていたのである。忽然《こつぜん》と姿を消したカールグスタフ。遅れて確認したルナマリアとリアも慌てふためく。

「死霊魔術師が消えました」

「死んで身体《からだ》が崩壊したとか？」

「強化しすぎると死体が朽ちることはよくあります」

「でも、わずかも死体の欠片《かけら》が残っていない」

改めて確認するが、どす黒い血が地面に溜《た》まっているだけであった。肉片は一片もない。なんの細工もなく、死体の質量がゼロになることなどない。僕は空を確認する。次いで近くにあった小石を投げるが、魔力の壁は今も存在していた。

それらを総合して判断すると死霊魔術師カールグスタフは生きており、逃げ出したとみるべきだろう。先ほど自分が出てきた穴を確認する。僕が掘り進んできた穴、その下にさらなる穴が確認できた。どうやら彼は《掘削》魔法も得意なようで。

「やられたわね。もしかしたらあいつ自身、すでにアンデッドなのかも」

「あり得るね。もしかしたら心臓をふたつ持っているタイプかもしれないし」

「恐るべき邪教徒です」

同じ結論に達した三人は同時に提案する。

「カールグスタフを追いましょう。どのみちやつを倒すしかこの回廊から抜け出せないのですから」

「だね。今、軽く見たけど、地下へ続く穴はなにか遺跡のようなものに通じているみたい」

「街の下にどでかい遺跡があったのね」

ルナマリアは大きくうなずく。

「たしか旧スケアの街は遺跡の上に造られた街だという噂《うわさ》を聞きました。稀《まれ》に遺跡から守護者《ガーディアン》が這《は》い出てきて困っていたとか」

「それが移転の理由のひとつでもあったのかもね」

「おそらくは」

「てゆうか、そういう重大な情報は早めに言ってほしかったのだけど」

リアが不満を漏らす。

「すみません。新しい街道が出来たのは私が生まれる前でして」

「ならば仕方ないか」

あっさり納得すると、リアは「うんしょ」と穴の中に入る。危険を確認せずにいきなり入るのはリアらしかったが、拙速は遅巧に勝るということを肌身で知っているのだろう。一刻も早くカールグスタフを追うべきだと思った僕とルナマリアも穴に飛び込む。


スケアの地下に広がる遺跡。

学者肌の神様の息子でもある僕は興味を惹《ひ》かれ、壁を調べる。

「ヒカリゴケの塗料が塗布されている……」

ヒカリゴケとは僅かな光を増幅させる苔《こけ》の一種。これを塗料にして塗ると、松明《たいまつ》がなくても歩けるほどの光を得ることが出来る。

「ヒカリゴケがあるということは古代魔法文明の遺跡かな」

周囲を見渡すが、華美な装飾はない。魔法文明の遺跡は装飾が派手なことが多いが……。

そのように考察をしていると、リアがぽつりとつぶやく。

「——ここは古代魔法文明の遺跡じゃないわ。ここは聖魔戦争時代の遺跡」

「聖魔戦争、ですか？」

ルナマリアが問いかけるが、リアの耳には届いていない。

リアは夢遊病者のようにふらふらと壁に近づき、手で触れる。意識を過去に飛ばすかのように語る。

「聖魔戦争。かつて邪神ゾディアックが古き神々に挑んだ戦争」

リアは壁を手で拭う。するとそこから壁画が顔を覗《のぞ》かせる。

そこには邪神ゾディアックと思われる醜怪な怪物と神々が描かれていた。

「かつて七七柱もいた古き神々。彼らは邪神ゾディアックを倒すため、その身を犠牲にした。彼らの肉体は朽ちて、天に召された」

「なんとか邪神ゾディアックを封印した神々は、その後、地上に〝新しき神々〟を生み出したんだよね」

「そうね」

こくりとうなずくリア。

「この国に住まうものならば幼児でも知っている神話ですね」

「神話じゃないわ、本当に起こったこと」

リアは即座に否定する。ルナマリアはなにも言わない。神々が、それも聖魔戦争を直《じか》に戦った神の言葉を訂正することなど出来なかった。

「ローニン父さんとヴァンダル父さんは聖魔戦争以後に神々になった新しい神様なんだよね」

「そう」

「レウス様はどうなのですか？」

「レウス父さんは古き神々だよ」

「まあ、古き神々は一掃されたのではないのですか」

「一部、この世界に残っているよ。父さんは地上の監視者でもあるんだ。ただ、昔のような神威《カムイ》はないようだけど……」

「そうね、万能の神にして無貌の神レウス。かつては最強の神とも呼ばれたけど、今は様々な生物に化身し、地上を監視し、人々を導く力しかないわ」

「それだけでも偉大です。ウィル様を拾い、見いだしたのは彼ですから。それに剣の勇者レヴィンさんを救ったのも彼だと聞きます」

リアはこくりとうなずく。

「吟遊詩人はこう語るかもね、世界を救ったのはレウスの叡智《えいち》だったと。あるいは後世の歴史家は、万能の神ではなく、こう呼称するかも。〝世界を救う少年を見いだした偉大な神〟って」

「……こそばゆいなあ」

間接的とはいえ、そのように賞賛されるとさすがに恥ずかしい。

ルナマリアは、真実を述べているだけですわ、と微笑《ほほえ》むが。

「君の期待に添えるといいけど。吟遊詩人たちに謳《うた》われるためにはまずこの無限回廊を突破しないとね」

そう纏《まと》めると彼女たちもうなずく。

僕たちは壁画を横目にしながら、慎重に遺跡を進んだ。


聖魔戦争時代の遺跡、壁画は絵物語のように神話を語る。

古代魔法文明が成立する以前のこと。まだ人類が魔術体系を確立せず、剣と弓矢を頼りに魔物に対抗していた時代。

自然と調和し、神々と交わっていた時代。

人々は貧しいながらも幸せに暮らしていたらしいが、その静寂を破るものが。

そのものの名はゾディアック教団。

歴史が記されたときから――、いや、それ以前から存在していたと言われている邪教の集団、彼らは何千人もの生け贄《にえ》を捧げ、邪神ゾディアックを異次元の狭間《はざま》から呼び出すことに成功する。

彼らは最も邪悪にして狡猾《こうかつ》な魔王の眷属《けんぞく》になることによって、あっという間にこの世界を制圧していったという。

人間、エルフ、ドワーフ、その他多くの亜人の国々を滅ぼし、地上は闇に包まれる一歩手前まで行った。

しかし、そこにひとりの英雄が現れ、とある女神を娶《めと》った。

そして神々の信頼を得ると、ゾディアックと教団に反抗を重ねていった。

長く、激しい戦いの末、そのものがゾディアックの心臓に剣を突き立て、封印することになる。

そのものの名は大勇者アルフォンス。

女神の妻と八人の勇者を従え、邪教徒に制圧された国々を解放、最も深き迷宮にもぐり、邪神封印の功績を挙げた偉大な英雄。

――ここまでは誰でも知っている英雄譚《たん》であるが、〝とある〟女神の巫女《みこ》であるリアは裏話を提供する。

「大勇者アルフォンスと女神クリシュナ。彼と彼女は光の陣営に属し、闇の眷属を次々と打ち倒していったけど、その裏には女神クリシュナの美しい妹の存在があったのよ」

「女神クリシュナには妹がいたのですね。知りませんでした」

「世間には流布《るふ》されていないからね。でも、いたの。女神クリシュナはとても美しく、強かったけど、その妹もとても強かった。天界の暴れ者と呼ばれていてね、ゾディアックがこの世界に出てきたときも、真っ先に討伐しようと地上に降りてきたの」

「勇ましい女神様だ」

「――その女神ってもしかして治癒の女神ミリア様ですか？」

「さてね、それは教えられないけど、とても美人で、巨乳で、頭が良くて、怪力だったと伝わっているわ」

「………………」

たぶん、ミリア母さんだな、と僕は呆《あき》れるが、気にせずリアは続ける。

「彼女は孤軍奮闘しながら闇の陣営と戦った。なぜって光の陣営は最初、ゾディアックと戦うことを厭《いや》がったから」

「闇を振り払うのが神々の務めではないのですか？」

「そうなんだけど、平和ボケしていたんでしょうね。昔から地上には不干渉、が神々の決まりだったの。美人女神ミリアはなんとか父神たちを説得しようとしたのだけど、無理だった」

「だからひとりで戦ったんだね」

「うん、辛《つら》い戦いだった。仲間はたったひとりの姉のクリシュナだけ。その姉も人間の男と恋に落ちやがるし」

　悔しそうに壁画に描かれた大勇者に落書きするリア。「まぬけ」と書かれる大勇者様。

「まあ、結局、姉の選んだ男が聖魔戦争の戦局を変えるんだけどね」

「災い転じて福と為《な》す、でしょうか」

「かもしれないわね。ま、姉も間男も死んじゃったけどさ」

「………」

「それどころか、万能の神レウスと治癒の女神ミリア以外の古き神々は皆、肉体を失ってしまった。それほどゾディアックは強かったのよ」

「恐ろしい相手ですね」

「そういうこと」

「そんなやつが復活したら大変なことになるな……」

　この世界にはもう古き神々は存在しない。紋章を受け継いだ八人の勇者の後裔《こうえい》は存在する。

　無数の新しき神々も存在するが、かつてこの地上を作り上げた強力な神々はもういないのだ。そんな状況下で最強最悪の邪神が復活したらどうなるか、考えるだけで恐ろしかった。

「……邪神復活には貴きものの血や、聖なるものの血が必要なのでしたっけ？」

「そうだね。聖魔戦争のときは、神聖な巫女一〇〇〇人の生け贄によって次元の狭間から召喚したらしい」

「今回もそうなるのでしょうか？」

「分からない。同じ人数が必要かもしれないし、もっといるのかも」

「ゾディアック教団が勇者の末裔や勇者の印を持つもの、あるいは神聖な巫女を集めている噂《うわさ》は聞きます」

「ルナマリアと初めて会ったときもやつらはそんなことを口走っていたね」

「ウィルヘルム王子事件のときもです」

「たしかにやつらは聖王の血筋も求めていた」

「また生け贄によって復活を狙っているのかもしれません……」

声が小さくなるルナマリア。教団を恐れているのだろう。僕は、

「心配ないよ」

と続ける。

「やつらの好き勝手にはさせない。ルナマリアは僕が守る」

そのように宣言すると、ルナマリアは目を潤ませ、「ウィル様……」とささやく。

思わず見入ってしまうが、リアは吐息を漏らしながら、「ラブシーンはやめてほしいんだけど」と言い放った。

急に恥ずかしくなった僕たちは慌てて距離を取るが、そのとき遺跡の奥に炎の揺らめきを感じた。

なにものかがいるようだ。

「……あれは、人か」

ルナマリアに尋ねる。彼女は耳がいいからだ。聞き耳を立てたルナマリアは前方の状況を説明する。

「――おそらく、邪教徒かと。よこしまな祝詞《のりと》が聞こえます。――なにかを生け贄に捧《ささ》げているようです」

「生け贄の話をした途端、これか。人じゃないといいけど」

「ご安心を、山羊《やぎ》の声が聞こえます」

「よかった。――いや、よくないか、動物も大切な命だ。それに邪神復活に繋《つな》がるかもしれないし」

「ですね。幸いまだ生きている羊もいるようです」

「ならば儀式を邪魔するまで」

そのように提案すると、リアも同意する。

「壁画を見たら闘争本能が湧いてきたわー。今なら邪教徒の頭を思いっきり叩《たた》けそう」

「それは有り難《がた》いけど、無駄な殺生《せっしょう》はやめよう。カールグスタフはともかく、末端の信徒まで完全悪とは限らない」

「そうですね。気絶させるか、痛い目に遭わせるだけに止《とど》めましょう」

ルナマリアにしては過激な発言だが、そうするしかないので、突っ込みは入れない。

僕たちは邪教徒たちが儀式をしている間に飛び込んだ。


邪教徒たちは、遺跡の一部屋に祭壇を作り上げていた。

中央に邪神ゾディアックの像を祀《まつ》っている。その両隣に悪魔の像が二体。おそらく、二四将を模したものだろう。彼らは祭壇に血塗られた山羊を捧げていた。

それだけ見れば残酷だが、動物を神々に捧げるのはよくあることだった。原始的な宗教を持つ民族や蛮族などはよく行っている。人を捧げない限り、糾弾することは出来ない。

それにここにいる邪教徒たちは戦闘力を持っていないようだ。末端の信徒たちで、素朴に純粋にゾディアックを信仰しているようにも見えた。

僕たちの姿を見ると、恐れおののく。老人や子供たちが多かった。こうなってくると戦うわけにもいかない。

なんとか交渉して戦闘を回避しようと努めるが、とある老人が夢遊病者のように鉈《なた》を振るってくる。

まったく殺意を感じない上に、不意打ちだったので、思わず喰《く》らってしまいそうになるが、リアが押し飛ばしてくれたので攻撃を貰《もら》うことはなかった。

「なに、ぼうっとしているの！　ウィル！」

「ごめん。――でも、この人たちから戦意を感じなかったものだから」

「たしかに戦闘要員じゃないけど、こいつらは邪教徒よ」

そうだけど、と言い掛けたがその言葉は飲み込む。彼らは武器を取り始める。よぼよぼの老人から少年まで全員だ。

しかし、それでも彼らからは殺意を感じなかった。なにかが妙だと思ったが、僕たちを通す気はないようなので、戦闘は避けられない。

僕たちは彼らが極力傷付かないように留意しながら、彼らを倒していった。

リアは最小の力で手刀を切っていく。ルナマリアは聖なる力を最弱で送り込み、気絶させていった。僕も体術だけでいなす。

カールグスタフとの戦いは本気で挑めたからある意味楽であったが、彼ら末端の信徒に本気を出すわけにもいかず、苦戦した。ただ、それでも十分ほどで信徒全員の意識を絶つと、ルナマリアがとあることに気が付く。

「ウィル様、様子がおかしいです」

と報告してくる。

最初、邪悪ななにかが援軍に現れたのかと思ったが、違った。ルナマリアが倒した信徒だけ、泡を吹いていたのである。この優しいルナマリアが故意に人をいたぶるわけがない。邪教徒といえども手加減したはずだ。ある意味、僕のほうが強い一撃を与えていたのだが、なぜ、このような違いが生まれるのだろう。邪教徒の手当てをするルナマリアに近寄ると、その理由が判明した。頭部に回復魔法を掛けるルナマリア。すると邪教徒はもがき苦しむ。

「邪悪なものに神聖魔法を当てちゃ駄目なのかしら？」

リアは首をひねるが、それは半分だけ当たっていた。

邪教徒たちの耳や鼻から奇妙な蟲《むし》が飛び出てきたのだ。

「ひい、蟲だ」

女の子らしくのけぞるリアだが、すぐにそれがなんであるか気が付く。

「これは洗脳蟲《ナイアーブ・インセクト》!?」

「洗脳蟲、あ、ヴァンダル父さんから聞いたことがあるかも。たしか他人の意識を奪い、操ることが出来る蟲だっけ」

「そうよ。邪神の眷属《けんぞく》が使う蟲。なるほど、ゾディアック教団はこれを使って勢力を拡大しているのね」

リアは這《は》い出てきた蟲をかかとで潰しながら呆れる。

「昨今、ゾディアック教団が急激に勢力を伸ばしているのにはこんな理由があったのですね。たしかに政情が不安なところもありますが、邪教が伸張する土壌がないので、変だとは思っていたのです」

「もしかして今まで僕たちを襲ってきた信徒の中にもこれを飲まされたものがいたのかもしれない」

虚《うつ》ろな瞳だった教徒たちを思い出す。

「かもね。でも、この蟲も万能ではない。意識は奪えるし、操れるけど、弱い人間相手にしか使えないものよ」

「たしかに誰彼構わず支配下におけたらずるいもんね」

「そういうこと」

「しかし、純朴な人たちに酷《ひど》いことを」

僕はゾディアック教団の幹部たちに改めて怒りを燃やすと、ルナマリアとリアに倒れている信徒たちを浄化するように頼む。

「分かったわ」

「分かりました」

ふたつ返事で了承してくれたふたりは手分けをして頭部に回復魔法を掛けた。何匹も這い出る洗脳蟲を一匹一匹、潰していくが、その作業を終えると、僕たちは祭壇の間をあとにする。信徒たちから情報を得たいが、完璧に洗脳されたものは状況が分からず、まだゾディアック教を信じているものは口を割ることはないと思ったのだ。それは正解でリアが賞賛してくれる。

「さすがはウィルね。いい決断力」

「ですね。今は死霊魔術師カールグスタフを追うことが先決です」

意見がまとまると自然と歩調は速くなり、件《くだん》のカールグスタフとはすぐ遭遇することが出来た。やつは刺された胸に片手を当て、壁にもう一方の手を突きながら、やっとの思いで歩いている。

「やはり心臓を刺されてまともに生きていられるやつはいないわ」

リアがカールグスタフの状況をそう評すが、当の本人はにやにやとしていた。

「これはこれは、神々の息子とその仲間たち。——やはり末端の信徒どもでは役に立たなかったか」

「洗脳蟲まで使って、おまえたちはなんて非道なんだ」

「褒め言葉と思っておこう」

「勝手に思っていろ」

僕は再び剣を抜く。

「ほう、迷いのない目だ。今度こそ俺を殺すか？」

「可能ならば。——でも、おまえはもう死んでいるんだろう？」

「その通り。俺は死霊魔術師、死を司《つかさど》る偉大な魔術師のみが到達できる境地に到達した」

「リッチか」

「リッチってお金持ちってこと？」

ほえ？　とクエスチョンマークを浮かべるリア。

「違うよ。リッチとは不死族の王の別名。邪悪な魔術師が邪悪な秘術によって到達できる邪道の頂点」

「なんかすごそう」

「すごいよ。でも、たぶん、こいつは半分リッチだ。完全なリッチじゃない。完全なリッチならばさっきの一撃なんてなんともないはずだもの」

その言葉にカールグスタフは、「正解」とほくそえみ、攻撃を加えてくる。心臓に当てていた手を離すと、そこから大量のどす黒い血液が飛び出し、槍状《やり》となる。鋭い槍の一撃、僕はいくらでもかわせるが、ルナマリアとリアはそうではなかった。不意打ちに弱い彼女たちを助けるため、彼女たちに防壁を張る。魔法の防壁は彼女たちを守ったが、代わりに僕の肩口に血の槍が突き刺さる。

「ウィル様！」

ルナマリアは顔を青ざめさせるが、リアは逆に赤くする。

「私の可愛《かわい》いウィルをよくもー！」

とフレイルをぶん回し、カールグスタフに攻撃を加える。半リッチと化したカールグスタフはは僕と同じように防壁を張って、対処する。なかなかに見事であった。先ほどよりもタフ遥《はる》かにパワーアップしているように見える。その理由は自身が説明してくれる。

「ふははあ、一度死んだことにより、我はリッチとなった。地獄より極上の力を持ち帰ったのだ。もはやおまえらごときにどうこう出来る存在ではない。苦しみをたっぷり与えた上で殺してくれるわ」

愉悦と嗜虐《しぎゃく》心に満ちた表情、人間の心はもはやないようだ。――いや、最初からなかったのかもしれないが。

僕は刀身に力を込める。この男ならば手加減は無用だろう。慈悲も。僕は容赦なく斬り殺すつもりで戦闘を始めた。

一時間後——

僕たちは窮地に立たされていた。

半リッチと化したカールグスタフに追い詰められていたのだ。先ほど圧倒した相手に追い詰められた理由はふたつ。

ひとつは最初の一撃を喰らってしまったこと。僕の肩は血の槍によって傷付いていた。

もうひとつはやつが半リッチと化したこと。魔力が大幅に高まった上に、無尽蔵の体力も手に入れた。持久戦を挑まれるとこちらが不利なのだ。

やつは攻撃を控え、防御に力を割いていた。そのお陰で僕の剣もリアの馬鹿力も効果を上げることが出来なかった。

やつの策略に気が付いたときには僕たちの体力は尽きていた。先ほどの信徒たちとの戦闘もやつの計算なのかもしれない。歯ぎしりするが、悔しがっても仕方ない。やつは僕の気持ちをあざ笑うかのように攻撃に転じる。己の心臓から無数の血の槍を出し、攻撃を加えてきたのだ。

僕たちはその攻撃をいくつか喰らってしまう。僕は太もも、リアは二の腕、ルナマリアはくるぶし。それぞれかすり傷程度であったが、それでも動きは奪われる。もしも次の攻撃を喰らえば僕たちは致命傷を受けるだろう。

――やられる。

そう思った僕であるが、そのとき、カールグスタフの後ろにある壁画が目に飛び込んでくる。

そこには黄金の色をした鷲《わし》が描かれていた。どこかで見たことのある鷲だ。それが自分の父親であると気が付いた瞬間、その壁画は声を発する。なんと壁画が動いたのだ。

彼はこのように口を動かした。

「――ウィルよ、我が息子ウィルよ。我は教えたはず。おまえに与えた力は、剣術や魔術や勇気だけではないことを」

その言葉は昔から父さんに聞かされていた言葉だ。

剣術の神ローニンの剣術、魔術の神ヴァンダルの魔術、治癒の女神ミリアの治癒の魔法。

それらは最高の技術であったが、それを上回る〝力〟が存在するのだ。

それは〝智恵《ちえ》〟。

どんなときでも諦めない心、最後の最後まで考え抜く智恵こそが、最強の武器となる。

それが〝万能の神〟レウスの教えだった。それを思い出した僕は黄金色に輝く鷲の壁画の上を見る。先ほどからぱらぱらと小石が落ちていた。僕たちの激しい戦闘によって遺跡は揺れていたが、太古に造られた遺跡はそれに耐えられなさそうだったのだ。今にも崩れ落ちそうな天井に活路を見いだした僕は、ダマスカスの剣に《爆》の文字を書く。爆砕属性の剣閃《けんせん》を解き放つのだ。

僕はカールグスタフではなく、彼の真上にある天井に魔法剣を放つ。

カールグスタフは、

「気でも狂ったのか、小僧」

と余裕の笑みを浮かべるが、それも数秒だけだった。

天井から大量の石や土砂が落ちてくると表情を変える。

「――貴様の狙いはこれか」

それがカールグスタフ最後の言葉となった。

無論、彼は不死の王、それで死ぬことはないが、何トンにも及ぶ土砂をかき分けて出てくることは不可能。つまり彼はもう死んだも同然だった。

きっと、すぐに思考を放棄し、死んだように眠るに違いない。彼に命を奪われたものたちは、それで納得はしないだろうが、それでも僅かでも心が慰撫《いぶ》されることを願った。

このようにして死霊魔術師と決着をつけると、壁画の鷲は具現化した。翼をはためかせると、僕の前に舞い降りる。

「ウィルよ、よくぞ気が付いたな」

「――ありがとう、父さん」

「その声はレウス様ですね」

「ああ、久しぶりだ、大地母神の巫女よ」

「お久しゅうございます。今回もウィル様を導いてくださったのですね」

「それは違う。ウィルは自分で考え、自分で決着をつけた。我はなにもしていない」

「レウス父さんがヒントをくれたから思いついたんだよ」

「ヒントなどなくてもいずれ自力で思いついたさ。我はそれを少し早めただけ。おまえたちに早く神殿に行ってほしかったのでな」

「だね。大分、時間を取られた。――でも、そんなに急がなくても神殿は逃げないよ」

「神殿はな。しかし、その中に住まう人間はそうではない。皆、定命《ていめい》のものだ」

「どういう意味？」

「それは自分で確かめろ」

相変わらずである。レウス父さんは人生の節目節目でアドバイスをくれるが、くれるのはアドバイスだけ。結論は自分で導き出さなければならなかった。他の神々のように無茶な修行は要求してこないが、ある意味、一番厳しい親かもしれなかった。まあ、僕は大好きだけど。そう気持ちを纏《まと》めると、空いた穴から地上に出ようと思ったが、もうひとつだけアドバイスをくれた。

「そういえばウィル、左腕の盾のことなんだが」

「ああ、イージスか。そうだ。最近、彼女が無口なんだ。なんか、気に障《さわ》ること言ったかな」

「そんなことはない。ただ、彼女は眠っているだけ。〝覚醒〟に備えているだけだ」

「覚醒って？」

「それは自分の目で確かめろ。その日は近い」

やっぱりそれか、と思ったが口にはせず、瓦礫《がれき》を登る。ルナマリアもそれにならうが、リアだけはそれに続かない。もしかして先ほどの戦闘で重傷を負ってしまったのだろうか？　治療をしようとしたが、きっぱりと断られる。

「私は神官戦士よ、自分で治せる。てゆうか、私、興味が出てきちゃったのよね、この遺跡に」

「そうなの？」

「久しぶりに姉さん――じゃなかった、クリシュナの壁画を見てね。私はこう見えてもインテリで神話学にも興味があるの」

「そうなのか」

「それになんか、お宝もありそうだし、しばらく探索してみるわ」

「ということはここでお別れ？」

「そうなるわね。神殿も目と鼻の先だし私がいなくてもたどり着けるでしょう」

「うん、たぶん」

「じゃあ、頑張って。――ううん、もう頑張ってるか。幸運を」

「リアにも幸運を」

僕たちは握手を交わすとそのまま別れた。リアは最後にルナマリアとも握手すると、二三、言葉を交わしている。内容は分からないが、母さんの名前が聞こえたような気がした。

僕は名残を惜しむことなく、地上に出る。リアとの別れは寂しいが、今生の別れではない。またどこかでひょっこり再会することが出来ると思ったのだ。

ルナマリアもそれには同意らしく、「リアさんはウィル様の側《そば》で見守ってくれていますよ」と言った。

僕たちは大地母神の神殿に向かうため、歩みを進めた。


ウィルとルナマリアがいなくなると、鷲の姿をしたレウスは、リアの肩に舞い降りる。

リアは「痛いわよ」と文句を言うが、レウスは気にせず続ける。

「新しくも古き神々の娘よ。よくぞ、ウィルを守ってくれた」

「別に礼を言われるようなことじゃないわよ。自分の息子を守るのは当然のことでしょ？」

「たしかにそうだ」

レウスは笑い声を漏らす。リアは旅の袋から干し肉を取り出すと、それをレウスに与える。鳥のように扱うな、と言われるが、鳥の姿をしているのだから仕方ない。

この無貌の神レウスは様々な姿に化身をし過ぎて、本当の姿がどれか、周囲のものには分からなくなっているのだ。いや、もしかしたら本人も忘れてしまっているのかもしれない。

「私の旅はここまで。肉を余らせたら勿体《もったい》ないでしょう」

リアがそのように寂しげに言うとレウスは納得してくれた。

鷲のように干し肉をついばむレウスに、リアは尋ねる。

「ウィルは試練に打ち勝てるかしら。ゾディアック教団を打ち払えるかしら？」

「それは分からない。ただ、あの子は強い。この地上の誰よりも」

「私たちよりも？」

「無論だ。あの子は無限の可能性を秘めている」

「そうね。その可能性を引き出してあげるのが私たち神々の務めかもね」

「そうだ。そのためには手助けは控えないと」

「親ってのは木の上に立って見る、って書くものだものね。子供の成長を見守らないとね」

先ほどまでウィルがいた場所を愛《いと》おしげに見やると、神官戦士リアは、治癒の女神ミリアへと戻る。

「さあて、山に帰って動物のお医者さんに戻るかあ」

そのように背伸びをしながらつぶやくと、万能の神レウスのほうへ振り返るが、すでにそこには誰もいなかった。

「まったく、親は木の上から見るものなのに――」

しかし、ミリアはそれ以上、文句は言わなかった。

ウィルを拾ってきたのは彼だ。

節目節目で導いてきたのも彼。

今、ウィルは間違いなく節目にいた。

ゾディアック教団を打ち倒す〝鍵〟となるのは間違いなくウィルだ。

この世界に八人いる勇者の後継者でもなく、聖王の子孫たちでもない。

神々に育てられしものが、この世界を救うはずであった。

レウスはそれを導く使命があった。

同じ古き神々に連なるものとして、ミリアにはレウスを応援する義務があった。

いや、権利か。

ウィルを愛するものとして、ミリアはレウスに全幅の信頼を置いていた。

それは他の神々、新しき神々である剣神ローニンや魔術の神ヴァンダルも同じであった。

ミリアは同じ志を持つ神々と息子を見守るため、テーブル・マウンテンに戻っていった。

第二章　大地母神の神殿

†

大地母神の神殿に向かうウィルとルナマリア。

最大の難所であるゴーストタウンを突破した今、ウィルたちの行く手を阻《はば》むものはない。

ただひとつだけ気になることがあるとすれば、左腕の盾だろうか。あれから結構な時間が経《た》つというのに一言も言葉を発しなかった。心配になった僕は、留め具を新調したり、打ち粉を打ってあげて、ご機嫌を取ったがなにも変化はない。

ルナマリアに、「女の子の機嫌を取る方法」を尋ねて実行してみたが、まったく、効果はなかった。

困り果てたが、どうしようもなく、そのまま旅を続けていると、旧街道から抜ける。

ここまでくればもはや神殿は目の前なので、慌てることはない。神殿にたどり着く前に最後の宿場町で宿を取ることにした。

「神殿は動くことはありません。最後に旅の疲れを癒やしましょう」

この宿場町には温泉もあるのですよ、とルナマリアが勧めるので、その勧めに従ったのだが、その夜、不思議なことが起きる。温泉に入り、美味《おい》しいものを食べ、ゆっくりしていると、聖なる盾が輝きだしたのだ。最初、またしゃべるようになったのか、そう思ったが、なにも言わない。細部も調べるが、一向にしゃべる様子はなかった。

ぬか喜びした僕だが、その夜、驚愕《きょうがく》することになる。

夜中、寝ていると忍び寄る影が……。

ちなみに〝影〟はルナマリアではない。

ここは大地母神の神殿の宿場町。宿の店主は熱心な信徒であるから、部屋は豪勢なものをふたつ用意してくれた。つまり、僕とルナマリアは別々の部屋で寝ている。

ルナマリアはリアと違って恥じらいを知っている淑女だから、夜中に男の部屋を訪れることなどない。それに長旅で疲れた彼女はぐっすりと眠っているはずなので物理的に僕の部屋にやってくることが出来ないのだ。

もしや〝敵襲〟？

そう思った僕は枕元に立て掛けていたダマスカスの剣に手を伸ばす。もしもゾディアック教団の手のものならば、容赦なく斬るつもりでいたが、その覚悟は無駄になった。

なぜならば忍び寄る影はゾディアック教徒ではなかったからだ。

影には一切の敵意はない。憎悪《ヘイト》も。

あるのは呆《あき》れるくらいに明るい〝愛情〟だけだった。

〝彼女〟は僕の懐《ふところ》に飛び込むと、「ウィル、だいしゅき～」と抱きついてくる。

ある意味、ナイフを突き立てられるよりもびっくりした僕は慌てて彼女を突き放す。

「こ、こら、どこの子か知らないけどはしたないぞ」

説教口調なのは彼女が明らかに年下だからだ。

「どこの子か知らないけど、部屋を間違えたのかな？」

親御さんが心配しているよ、と続けるが、彼女はきょとんとしている。「親って美味《うま》いの？」的な顔をしている。

「ちな、ボクの親は一〇〇〇年前に死んでるよ。古代魔法文明の鍛冶屋は現代と寿命が変わらないんだ」

（ボク……？　古代魔法文明……？）

聞き慣れた単語である。それに彼女の声、どこかで聞いたような……。

改めて彼女を観察する。黒髪の少女だ。長く美しい髪をツインテイルにしている。なかなかに可愛《かわい》らしく、年の頃は一四歳くらいだろうか。

じっと観察していると、彼女はセクシーなポーズを作って、「エロい？　エロい？」と尋ねてきた。その後、「ごいすーでしょ?」とも続ける。

くだらない単語を二重に繰り返す様、「ごいすー」なる用語、もはや彼女が「何者」であるか、考える必要もないかもしれないが、一応、聖なる盾を立て掛けてあった場所を確認する。そこにはなにも存在しなかった。寝る前は確かに存在した盾が消失している。

「……君ってもしかしてイージス? 聖なる盾の?」

その言葉を聞いた黒髪ツインテイルの少女は、破顔する。

「正解! やっと擬人化できたんだ! しかも、黒髪ツインテイル美少女に! せっかくだし、えちぃことしよーぜ!」

僕の布団《ふとん》の中に飛び込んでくるイージスだが、運悪くそこにルナマリアが、眠たそうな目をこすりながら、僕の部屋の扉を開けて中に入ってくる。彼女は最初、僕のベッドに少女がいる気配に困惑するが、「悪い夢でも見ているのかしら……」と一旦部屋を出て扉を閉める。扉の外で深呼吸すると、再び部屋に入ってくる。

同じ位置、同じ場所に存在する少女の気配。Vサインまでかます。その姿を感じてルナマリアは「ごごご——」という擬音を背負ったような気がするが、僕は慌てて釈明する。

「ち、違うんだ、ルナマリア。この子はイージスなんだよ」

イージスに説明を求めると、彼女は自分の両頬を指で差し、

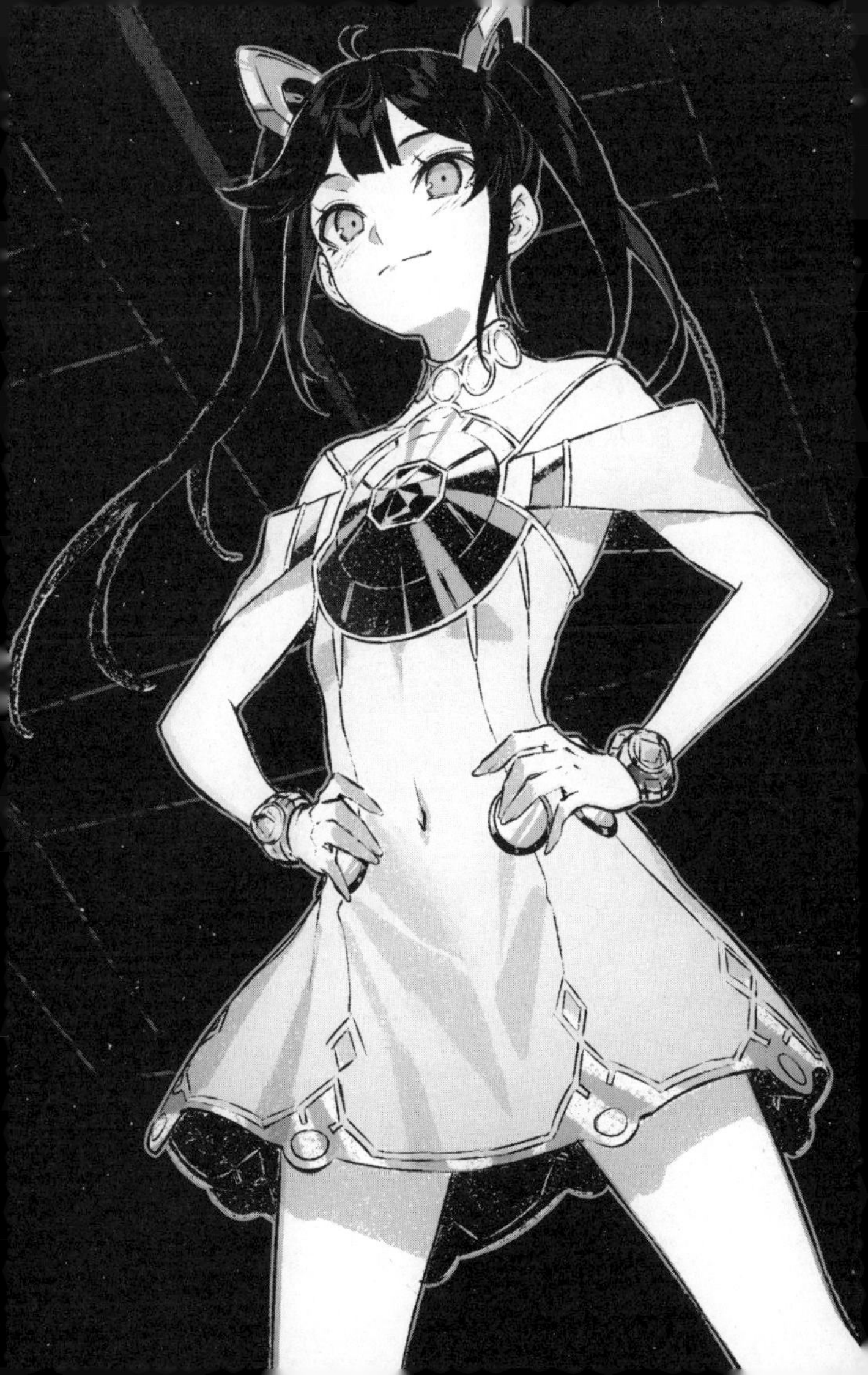

「イージス、どぉうぇーす！　一夜限りの女じゃないよ♪　きゃは☆」

と宣言する。

（余計なことばかり言う……）

この娘、絶対にイージスだな。そう確信した僕は、その後、数十分にわたってイージスが擬人化したこと、そして指一本触れていないことをルナマリアに説明する羽目になった。

最終的にはルナマリアも納得してくれたが、最後に疑問が生まれる。このツインテイル娘がイージスであることは疑う余地はないが、一体、どうやって、なぜ、擬人化したのだろうか。気になった僕たちは、深夜にもかかわらず、コーヒーを用意してその辺の事情を当人に聞くことにした。

ルナマリアが宿の厨房《ちゅうぼう》でお湯を貰ってくると、それを挽《ひ》いたコーヒー豆にそそぐ。紙フィルター越しに黒い液体がこぼれ落ちるが、五分ほどで全員分のコーヒーがカップに注《つ》がれた。

イージスははしゃぎながら、

「うひょー、これがコーヒーか、一度、飲んでみたいと思っていたんだよね」

と言い放ち、実行する。

数口、口を付けると、涙目になりながら、

「……苦い」

と苦情を述べる。

ルナマリアは優しげな口調で、

「砂糖とミルクを入れるんですよ」

とスプーンで加える。多めに。

イージスは再び恐る恐る口を付けるが、今度はご満足のようだ。「意外と美味しいかも」

と言い放ったあと、

「またひとつ、大人の階段を昇っちゃったね、てへ」

と喜んでいた。

ルナマリアは僕に耳打ちする。

「──感情表現が豊かな盾でございますね」

「──そうだね。盾のときからずっとこんな感じ」

「──さぞ、騒がしかったでしょうね」

「──異論はないよ」

そのようにやりとりしていると、イージスは二杯目を所望する。ルナマリアは快く二杯目を注ぐ。イージスはそれを「ふーふー」と冷まして飲みながら、自分が擬人化した経緯を語る。

「ほら、ボクの夢って擬人化してウィルと一緒に冒険して、えちぃなことすることじゃん」

「たしかにそんなことを言っていたね」

「ずっと神様にお願いをしていたら、ある日、鷲《わし》の形をした神様が願いを叶《かな》えてくれたんだ」

「鷲の形ってもしかして、レウス父さんかなあ……」

「名前は知らないけど、いい神様。ボクの夢を叶えてくれたんだもの」

「まったく、今度会ったら、不用意に盾を擬人化しないでって伝えておかないと」

「なぜに？」

「いや、今、僕たちは危険な状態だからだよ。邪神ゾディアックの復活を目論《もくろ》む悪の教団と戦っているんだ。そんな中、か弱い女の子を連れて冒険なんて」

「ボクは聖なる盾だぞ」

「でも、今は柔らかい女の子だよ」

試しに頬を突くが、ぷにぷにしていた。

「うひひ」

「はあ、困ったなあ。まあ、それでも置いていくわけにはいかないから、一緒に旅はするけどさあ」

「お、ウィルは物分かりがいいね」

「まあね」

「でも、安心して、足手まといにはならないから」

「そうなることを祈るよ」

そのように返すと、僕はあくびをする。部屋にある柱時計を見るとまだ午前四時だった。明け方である。宿の朝食は六時かららしいから、まだだいぶ時間があった。

どうやって時間を潰そうかな、と迷っていたが、ルナマリアとイージスはやることが決まっているようだ。ルナマリアは朝の沐浴《もくよく》を行うらしい。大地母神の神域に戻る日、身を清めてから行きたいらしい。そして宿場町にある公衆沐浴場に向かった。朝から冷たい水を浴びるかと思うと頭が下がる。

一方、イージスは宿場町を散策したいのだそうな。なんでも人間に生まれ変わったばかりでお腹《なか》がぺこぺこぺこりんこらしい。朝市というやつに行って屋台でなにかを食べたいのだそうな。

「いやあ、人間になったら一度、買い食いしたかったんだよね」

と嬉《うれ》しそうに語る。素朴な夢であったので、僕はそれを叶えることにした。

「付き合ってくれるの？」

「コーヒーを飲んで眠気が覚めたからね。二度寝するほど時間もないし」

「おお、さすがはボクの御主人様」

「ただし、二時間ほどで朝食だから食べ過ぎないように」

「だいじょうＶ、ボクの胃袋は宇宙だ！」

「……食費が掛かりそうだなあ」

吐息を漏らすと、衣服を着替え、財布を持って朝市に向かった。

宿場町の朝市はなかなかに盛況であった。この宿場町は大地母神の神殿の門前町も兼ねているから、規模が大きいのだ。イージスは市場に並ぶ物品を物珍しげに見ている。

「すげー、野菜だ野菜！」

「野菜なんて見慣れているだろう」

「人間になってからは初めてなんですー。……うぉ、ウィル、見て見て、えちぃな形しているのがある。エロ大根だ」

「たしかに二股で妙に艶《なま》めかしいな」

「これ買って」

「屋台で食べたいんじゃないの？」

「これは前菜。先に野菜を食べたほうが太らないんだよ」

「妙なことを知っているなあ」

「人間の女の子になるのが長年の夢だったからね。そういう知識はたくさんある」

「なるほど」

と言って僕は銅貨を数枚取り出すと、店主に一本譲って貰《もら》う。

イージスはそれを嬉しそうに食している。

「ぼりぼり……もぐもぐ……」

可愛らしい少女が歩きながら大根をむさぼる姿はシュールであり、目立つ。しかし、まあ、奇異とは言えない光景なので、市場のおばちゃんたちが、

「大根にはこれが合うよ」

と調味料を分けてくれる。自家製のマヨネーズ、ビネガー、味噌《みそ》など。

「へー、これが味噌か。まいうー！」

イージスは味噌をいたくお気に入りのようだ。

「これって東方から伝わった調味料だよね」

「だね。昨今、このミッドニアでも大ブームなんだ。なんでも長寿食って言われているらしいよ」

「おお、美容にもよさげ」

「タンパク質が豊富だからねえ」

そんなやりとりをしながら、屋台が密集しているほうに向かった。

屋台では串焼きと芋フライを注文する。それを先ほど貰った調味料で食す。僕は小食なので、少量だけ分けて貰う。イージスは朝食のことなど忘れているかのように食すが、まあ、美味《おい》しそうに食べているので注意はしない。

「いやあ、それにしても人間の食べ物は美味《うま》いねえ。チートだ」

「僕もそう思うよ。山にいたときも美味しいものを食べていたけど、下界に降りてからは多種多様なものを食べられるようになった」

「もう山には戻れない？」

「んー、食べ物的には不満が残るかも」

「そっかー、じゃあ、一緒にいろんな国を旅して世界中の美味いものを食べよう」

「だね。……でも、君はずっとそのままの姿でいられるの？」

「どゆこと？」

　芋フライをはふはふ食べながらクエスチョンマークを浮かべるイージス。

「そのままの意味。擬人化には強大な魔力がいるはず。ずっとその形態を保てるのかな、って」

「ああ、それならば心配ないよ」

「と言うと？」

「ええと、あの鷲の神様、なんだっけ――」

「レウス」

「そうそう、レウス様が言っていたんだ。我はおまえが擬人化することを伝えに来ただけ。おまえは擬人化する宿命にあったのだ、って」

「そんなことを」

「なんだか、よく分からないけど、もうじき、ウィルに危機が迫ってるんだって。それを解決するためにボクは人間になったみたい。レウス様いわく、魔力は消費しないんだってさ」

「へえ、レウス父さんがそう言うのならばそうなのだろうけど」

しかし、と僕は首をひねる。

「危機ってなんだろう」

「心当たりはない？」

「いや、逆にありすぎて……」

おそらく、ゾディアック教団関連の危機だと思うが、どのような危機が訪れるのだろうか。

二四将が複数襲ってくる。教団兵に囲まれる。ゾディアックが復活する。

様々な危機が思い浮かんだが、どれもぞっとしなかった。

少しだけ落ち込んでいるとイージスが僕の背中をポンポンと叩《たた》く。

「ま、ウィルならなんとかなるさ。これまでは全部上手《うま》くいったし、これからも」

なんの根拠もない言葉だが、イージスが言うと本当にどうにかなるような気がする。脳天気な少女であるが、不思議と人を安心させるなにかがあった。

僕は擬人化した相棒に、

「ありがとう」

と言うと一緒に宿に戻り、ルナマリアと合流した。

沐浴を終えたルナマリアはいつもより美しく、清浄に感じた。イージスが嫉妬するので口に出しては言わないが、準備を終えた僕たちはそのまま神殿に向かった。宿場町から歩くこと一時間、立派な神殿が見えてくる。

白亜の神殿。

大地母神を祀《まつ》る施設。

ルナマリアが育った場所。

そして僕たちが数ヶ月掛けてたどり着いた場所。ここが終着点でないことは確かだったが、ここが重要な中継地点《ターニングポイント》であることは間違いなかった。

僕は服の襟を正すと、荘厳《そうごん》な神殿の内部に足を踏み入れた。

†

大地母神はかつてこの世界に存在した古き神々の一柱である。

その名の通り地属性の神様で、豊穣《ほうじょう》と繁栄をもたらす神様として知られる。それゆえに地方の農民の熱狂的かつ厚い信仰の対象になっている。

少なくとも「治癒の女神ミリアよりはメジャー」とは口の悪い父さんの言葉だが、それは事実であった。大地母神のことを知らぬものなどこの世に存在しないのだ。

末社ともいえる小さな神殿は各地方に無数にあり、僕たちが旅をしてきた街にも必ず神殿は存在していた。この大地に豊穣をもたらす女神様の信仰は厚く、幅が広いのだ。

そのように思いを馳《は》せながら、神殿の中に入ると、ルナマリアが大地母神あるあるを教えてくれる。

「よく大地、母神と勘違いされますが、大、地母神が正式な名称です」

「なるほど、大地の母神ではなく、大きな地母神なんだね」

ルナマリアが「はい」と肯定すると、神殿の奥に大きな女神像が。

まさに大きな地母神と言ってもいいような威容を誇っていた。

「ちなみにあの大地母神の像は一分の一スケールだそうです」

「大地母神様は大きいんだなあ」

当たり前の感想を口にすると、イージスがくすくす笑う。

「ウィルは騙《だま》されやすいねえ。ほんとにあんなに大きいわけないでしょ」

「そうなの？」

「当たり前じゃん。あんなに大きい女神様がいるなら聖魔戦争は余裕で勝っていたはず」

「たしかに」

得意げに話すイージス。

「世界各地の大地母神の神殿に安置されている大地母神の遺骨を集めると、あの像よりも大きくなるそうです……」

少し申し訳なさげに言う辺り、もしかしてルナマリアも女神巨人説に半信半疑なようで……。

「それを見て、女神様はきっと巨人のように大きかったんだなあ、って真に受けた人たちがこの像を造っちゃったんだねえ」

イージスは「ばっかでー」と女神像の周りできゃぴきゃぴするが、そういった態度はこまでにするようにお願いする。

「分かってるって。ボクも馬鹿じゃないんだから。これから協力をお願いする人たちの心証を悪くしたりはしないよ」

そう言い切るとイージスはしゅぴっと背を伸ばし、敬礼する。少し心配だが、心配したところでどうにもならないので、そのままこちらのほうを覗《のぞ》き込んでいるこの神殿の巫女《みこ》に話し掛ける。

単刀直入に、

「神々に育てられしもの、ウィルがやってきたと大司祭のフローラ様にお取り次ぎくださ い」

とお願いする。

巫女さんは、「神々に育てられしもの」という単語にはぴんとこなかったが、ルナマリアの姿を見つけると「せ、聖女様⁉」と驚く。ルナマリアは「久しぶりね」という枕詞《まくらことば》のあとに彼女の名前を呼ぶ。

「エリナ、悪いのだけど、フローラ様にルナマリアが帰ったと伝えて。この世界を救うことになる大英雄を連れて帰ったとも」

「だ、大英雄ですか？　こ、この少年が？」

エリナと呼ばれた年若の巫女は僕のことをじーっと見つめる。穴が空きそうなくらいに見つめられる。

「見たところ聖痕もなさそうですし、頼りがいがないような」

「たしかにウィル様には聖痕はありません。――勇者ではありませんから」

「え？　ルナマリア様は勇者様を探しに旅立たれたのではないのですか？」

「ええ、私も最初、そのように思いました。神のお告げは〝世界を救うもの〟の従者となれ、でしたし」

しかし、とルナマリアは続ける。

「しかし、神は一言も勇者という単語は使わなかった。大地母神は〝世界を救うものの従者となれ〟とおっしゃられたのです」

「それがこの少年なのですね……」

ごくりと唾を飲むエリナ。

「改めて見るとすごい少年のような気がします。神々に育てられしものということはお父様かお母様が神なのですか？」

「そうだね。父さんが剣神ローニンと魔術の神ヴァンダル、それに万能の神レウス。母さんは治癒の女神ミリアだよ」

「す、すごい、ゴッド・エリート！」

謎の造語で驚くエリナ。なかなかに面白そうな子だった。

「最高の環境で、最高の修行を施して貰《もら》ったよ。――だからゾディアック教団にも負けない」

後半部分をより力強く宣言する。その態度を見て信頼感を増幅してくれたエリナは即座にフローラ様に取り次いでくれるという。

「瞑想《めいそう》中はお声を掛けないようにしているのだけど、今は別ね。ルナマリア様が未来の大英雄を連れて帰ってきたのだから」

そのように前置きすると、持っていた箒《ほうき》を壁に立てかけて、そのまま神殿の奥に消えていった。

「いい子みたいだね」

「はい。法力や知識は未熟ですが、ひたむきで心優しい巫女です」

「ルナマリアがそう言うならばきっと素晴らしい巫女さんになるんだろうな」

ふたりで話し合っていると、奥から人が現れる。遠目からその人物が非凡であると分かる。

天使が地上に舞い降りたかのような清らかさと、天女のような気高さを併せ持っている。静謐《せいひつ》さと神々《こうごう》しさを持ち合わせた女性が歩いてやってきた。高位の司祭が纏《まと》う神官服を着ているが、たとえ布きれを纏っていなくても彼女がフローラ様だと分かる。それくらいのオーラを湛《たた》えているのだ。

ごくり、先ほどのエリナと同じように唾を飲んでしまう。神威《カムイ》を纏った女神は毎日見てきたが、母さんとは比べものにならないほどの神聖性を持っている。年の頃は二〇歳《はたち》くらいに見えるが、ルナマリアの話によると四〇は超えているはずだ。とても若々しい。歳《とし》を取るのを忘れてしまったかのような容姿をしていた。

大司祭フローラ様はゆっくりとこちらに歩いてくる。彼女の横には彼女よりも年下の女性が三人、寄り添って歩いていた。フローラ様には劣るが、それでも神聖性に満ちた女性たちだった。目で追っているとルナマリアが説明してくれる。

「彼女たちは三賢母です」

「三賢母？」

「はい」

　とルナマリアは説明する。

「三賢母とは、大司祭フローラ様に次ぐ、司祭様たちのことでございます」

「へえ」

「大地母神の組織はとても単純で、本来、信徒と巫女と司祭しかおりません。それでは不便なので、便宜上、大や賢母などの名称を用いています」

「なるほど、神の前では等しく平等というわけだね」

「そういうことです。本来は信徒も巫女も司祭も同じ。偉い偉くないの違いなどないのです。――大司祭フローラ様は高潔な人柄と努力によって周りから敬われているにすぎないのです」

「まあ、それは雰囲気で分かるけど、三賢母さんもそれに準じるんだよね？」

「話がずれましたね。その通りです。三賢母は通常の司祭よりもひとつ上の立場の方々、教団を導く役目を仰《おお》せつかっている方々です」

　ルナマリアはそのように説明すると、三賢母のひとりに意識をやる。僕も同じ女性を見つめる。

「あの方はポウラ様」

「少しふくよかな人だね」

「ですね。宗教画に出てくる聖母のような雰囲気を纏った御方《おかた》です。三賢母の中でも一番年上で、その思慮深い性格で信徒を導いてくださいます」

「たしかに優しそうな人だ」

「その横におられる方はアニエス様、教団の自警団の長《おさ》を務めています」

「あんなに線が細い人が……」

「人を見た目で判断してはいけません。あの方の小剣の扱いは教団でも有数です」

「ルナマリアより強いの？」

「比べものになりません」

「へえ……」

あの細い身体《からだ》のどこにそんな力が、と凝視してしまうが、たしかに剣豪っぽい雰囲気はある。時折、ローニン父さんのような鋭い眼光を見せる。――でも、とても優しそうな人でもあった。

「ちなみに有数ってことは同程度、あるいはそれ以上の使い手がいるんだよね」

「はい。最強なのは――」

　そこで言葉を句切ると、ルナマリアはフローラ様に意識をやる。目をつむり、沈黙している大司祭様。虫も殺さないような優しそうな女性に見えるが、彼女は教団一の小剣の使い手でもあるようだ。

「フローラ様は私の剣のお師匠様なのです」

「そりゃあ、強いわけだ」

　ちょっとお手合わせ願いたくなったが、そのような暇はないだろう。それに大地母神教団の人々にとって剣の腕を競うなどどうでもいいことのはず。彼女たちはあくまで自衛のため、あるいは己を鍛えるために剣の腕を磨いているにすぎないのだ。

　そのように思っているとルナマリアは三人目の説明を始める。

「最後のおひとりは、ミスリア様」

「名前の通り、とても神秘的な人だね」

「ですね。寡黙な方です。しかし、神学に関しては教団でも有数」

「一番はまたフローラ様？」

「そうです」

　ルナマリアはにこりと微笑《ほほえ》む。

「しかし、知識に関してはミスリア様が一番でしょう。彼女は大地母神の経典正伝一二冊、外伝五冊、偽伝二冊を丸暗記しています」

「それはすごい」

「巫女たちが迷えば、いつでも索引してくださるのです」

「異世界のコンピューターのようだね」

「よく分かりませんが、それに近いかも」

これで三賢母全員の紹介を受けたわけだが、紹介が終わると、彼女たちは僕たちの前にやってくる。

コツコツコツ
神殿に靴の音を響かせる彼女たち。同じタイミングで止まったが、一同を代表して話したのはフローラ様であった。

彼女の第一声は、

「ルナマリア、おかえりなさい」

であった。

表情は謹厳実直であり、笑みなどは一切なかった。

ルナマリアは片膝を地面に付けると、頭《こうべ》を垂れる。

「大地母神の盲目の巫女ルナマリア、帰還いたしました」

「ご苦労様です」

フローラ様はそのように返答すると、僕に視線を移す。

「――この御方が神々に育てられしもの、ね」

「はい、左様でございます」

フローラ様は僕を注意深く観察する。まるで剣豪に睨《にら》まれているかのような威圧感を覚えるが、その視線もすぐに弱まる。

「――たしかにこの御方が世界を救う存在のようね。ルナマリア、よくやりました」

「あ、ありがとうございます」

ルナマリアは感動に打ち震えている。なんでもフローラ様が褒めてくれるなど、一年に一度、あるかないかなのだそうな。剣の修行中、初めて丸太を切り刺したときも、褒めるどころか、「返す刀でもう一撃加えなさい」と怒られたエピソードを語ってくれる。

ルナマリアとしてはウィルを全面的に信頼していたが、勇者ではないことをなじられる覚悟もしていたようで、手放しの賞賛は意外とのことだった。ただ、フローラ様はそれ以上、ルナマリアの苦労をねぎらったり、功績を褒めたりすることはなく、きびすを返す。

「瞑想の途中でした。あとで改めて会談の席を設けます」

そう言い放つとすぐに神殿の奥に戻っていった。

「やけに淡泊な出迎えだなあ」

正直な感想を漏らすと、ルナマリアは反論する。

「最高の出迎えでしたよ」

「君がそう言うのならばそうなのだろうけど……」

ただ、フローラ様はルナマリアの育ての親、娘が帰ってきたら、もっとこう笑顔で出迎えるとか、無事を確認するため、抱き合うとか、長旅の疲れを癒やすためのお風呂《ふろ》を勧めるとか、色々あるだろうに。――僕の父さんと母さんならばそれらのフルコースをしてくる、と思ったが。

そのように思っていると、代わりにそれらのもてなしをしてくれたのは三賢母だった。

三賢母のひとり、ポウラさんはにこやかに微笑むとルナマリアを抱きしめる。

「あらあら、ルナマリア、大きくなったわね。胸も膨らんだのではなくて？」

「ポウラ様、お久しぶりです」

ふくよかで力持ちのポウラさんに抱きしめられて辛《つら》そうなルナマリアであったが、嬉《うれ》しくはあるようで、笑みを絶やさない。次いでルナマリアを歓迎したのはアニエスさん。彼女はルナマリアの細腕を確認する。

「筋肉が付いているな。長旅でまた一段、強くなったのではないか？」

「幾多の困難に打ち勝ちました」

そのように報告するとアニエスさんは喜ぶ。ポウラさんとアニエスさん、ふたりはくまなくルナマリアの身体を調べると、怪我《けが》がないかなどを確認していた。ルナマリアはされるがままだが、少し嬉しそうであった。そのように彼女たちを微笑ましく見ていると、いつの間にか真横にいたミスリアさんがつぶやく。

「……仲良きことは美しきかな」

慈愛に満ちた言葉であるが、とても声が小さかったので聞き逃すところであった。

「……ごめんなさい。わたしは無口キャラなの」

「気にしないでください」

彼女の発言を聞き漏らすまいと集中する。

「……ルナマリアは大地母神の神殿の期待の星。将来、大神官を継ぐものと目されている。だから皆に可愛《かわい》がられている」

「彼女ならばきっとやり遂げます」

「……信徒たちからは信仰され、巫女《みこ》たちからは尊敬され、司祭たちからは愛されている」

「当然でしょう。いい子ですから」

「……でも、それは今の話、最初は違った」

「え？　そうなんですか？」

「……そう。彼女は身寄りのない農民の娘。まあ、ほとんどの巫女はそういう出自なのだけど。しかし、彼女は神聖な力が弱かった」

「それは信じられない」

「……ほんと。当時の指導司祭が匙《さじ》を投げたくらい、あの子には巫女の才能がなかった。かといって実家に送り返すことも出来ない。皆、頭を悩ませた」

ミスリアさんはそこで言葉を句切る。

「……しかし、フローラ様は諦めなかった。不器用で才能のないルナマリアを懇切丁寧に指導した。厳しいながらも愛情ある修行を積ませ、ルナマリアを一人前に育てた」

「だからルナマリアはフローラ様を心の底から尊敬しているのですね」

「……だと思う。恩人……なんて生やさしい言葉では片づけられない存在」

そのように断言すると、ミスリアさんは僕の顔を見上げる。

「……ところで少年、ルナマリアのことは好き？」

不意打ちに僕は顔を赤く染め上げてしまう。

「な、なんですか。急に」

「……いや、ルナマリアはあなたのことが好きみたいだから、両思いだったらどうしようと思って」

「どうもしませんよ」

「……そんなことはない。非処女は大司祭になれないの。それどころか巫女の資格も失ってしまうの」

「………そうなんですか」

「……そういうこと。だから今から処女であるかチェックをしないと」

ミスリアさんはそう言うと僕がいるにもかかわらずルナマリアのスカートをめくり上げた。少し恥ずかしげな顔をするが、受け入れるルナマリア。処女チェックは定期的に行われるものらしい。大地母神の巫女様も大変だ。そんな感想を漏らしながら、僕はイージスの両目を塞ぐ。

「うぎゃー、なにするんだよー」

「デリカシーのない盾は嫌われるぞ」

「あのね、ボクは女の子だよ？」

「同性でも恥ずかしいものは恥ずかしい」

「そんなことないけどなあ」

そのようなやりとりをしていると処女チェックは終わったようだ。

ミスリアさんは「……ＯＫ」と指で輪っかを作る。その輪っかに指を入れるそぶりをして「……未完通」と言う辺り、イージスに近いものを感じるが。

三賢母たちはなかなかに面白い人たちのようだ。

その後、僕たちは彼女たちのもてなしを受ける。

「ささ、神々に育てられしもの、長旅でお疲れでしょう」

とポウラさんはにこやかに微笑むと巫女たちに足湯を用意させた。

穢《けが》れなき巫女たちは長旅で疲れた僕たちを癒やしてくれる。

まず湯桶《ゆおけ》で僕たちの汚れた足を綺麗《きれい》にすると、次にマッサージをしてくれる。

「どこかこっているところはございませんか？」

と上目遣いで尋ねてくる美少女たち。

イージスいわく、「ぬほ！　この世の楽園じゃ、パラダイスじゃ！」とのことだが、大きく外れてはいない。同僚たちに持てなされているルナマリアは少し戸惑っているが、未来の大英雄を連れて帰ってきた彼女は殊勲者のようだ。客人のように持てなされている。

その後、それぞれに私室を与えられると、夕食の準備が整うまで休むように勧められる。

夕食の後には大浴場が用意されているとのこと。

イージスが「トランプは？　あと人生ゲーム・エルフ版とユノもやりたい！」と所望するが、それも用意されるという。

「なんて素晴らしいおもてなしなんだ」

イージスはじーんという擬音が出そうなほど感動しているが、僕も似たようなものだ。

大地母神の教団は質素倹約を旨《むね》とすると聞いていたから、このもてなしは想定外である。

この盛大なもてなしについて、ルナマリアはこのように説明する。

「この世界を救う大英雄、救世主様を見つけることが出来たのです。大地母神教団の名前は後世まで残りますし、皆、大喜びなのでしょう」

「そんな大層なものじゃないんだけど」

「それにウィル様は大地母神にも選ばれた神々の使徒でもあるのです。間違っても無下には出来ません」

「期待に添えるように頑張るね」

そう言うとそれぞれの部屋に入る。夕食まで小一時間ほどあるが、ベッドの上に身体《からだ》を預けると睡魔が襲ってくる。長旅で疲れたようだ。見知らぬ場所でこれほど早く睡魔が襲ってくるというのは安心している証拠であるが、ここはある意味世界一安全な場所。大地母神信仰の中心地にしてルナマリアの実家なのだ。

神殿にいるのはルナマリアが信頼を置く人たちばかり、なにも心配することなく眠ることが出来た。

†

ベッドに入ると即座に眠りの妖精がウィルの枕元にやってくる。

ウィルは彼にその身を委ねると、眠りの世界の住人となった。

そのまま朝まで眠り続けるのだが、眠れないものがひとりいた。

そのものの名はイージス。

聖なる盾である彼女は擬人化したばかりで体力が有り余っているのだ。

無機物の盾のときはなにも感じなかった光景も人間になると違って見える。

例えばこの神殿の客間の天井も新鮮だ。

盾だった頃は天井にある染《し》みを無意味に数えることくらいしかやることはなかったが、人間となってからはあらゆる角度で見ることが出来る。

ベッドの上から、ベッドの下から、時折、無意味に立ち上がって見たり、しゃがんで見たり、柔軟な身体を生かして己の股の間から見たりもする。そのたびに見える景色が変わる。まるで万華鏡《カレイド・スコープ》のような景色が眼前に広がるのだ。

「世界って美しい！」

イージスはまさに今、生まれたばかりの赤子。なにをしても楽しい年頃なのだ。そんな好奇心と体力の塊であるイージスがベッドで眠れるわけもなく、元気さを持て余していた。

「やべー、目が冴《さ》えて眠れない」

どうしよう、と部屋をぐるぐる回るが、すぐに頭の上に電球が灯《とも》る。

「眠れなければ寝なければいいじゃん！」

至極単純な結論に達したイージスは、そのまま部屋の外に出た。


夕刻の神殿、皆、忙《せわ》しなく働いていた。

大地母神教団は大地に根ざした集団、勤勉と勤労を美徳とするのだ。ゆえにサボるという概念がなく、常になにかしら働いている。そんな中、声を掛けるのは悪いなあ、と思ったイージスは、神殿を抜け出し、散歩することにした。

「そういえば神殿の裏に森があった。散歩にはちょうど良さそう」

神殿の付近の森ならばモンスターもいないだろうし、散歩にはちょうど良いだろう。

夕食まで時間はあるし、ちょっとしたハイキングでお腹《なか》を減らしておくのも悪くない。

「擬人化して気が付いたけど、ご飯ってまいうーなんだよね」

何百年も生きてきたし、色々な相棒を見てきたけど、まさか食事があんなにも楽しいものだなんて夢にも思わなかった。

「ご飯食べたらうん〇になるだけなのに、って思ってたのに」

食事を楽しむこと、美味《うま》いものに舌鼓《したつづみ》を打つこと、楽しい仲間と一緒に食べること、それらは人間にしか出来ないことだ。食べることは人生を楽しむこと。大昔にそのようなことを口にしていた貴族の相棒がいたが、その言葉の意味がやっと分かった。食べることこそ人生、楽しむことこそ人生なのだ。

というわけで森に生《な》っている木の実や野苺《のいちご》などを食べながら森を進む。

「もしゃもしゃ、まいうー」

徒然《つれづれ》とお散歩。食事も楽しいが、お散歩も楽しい。

「モンスターも出ないし、最高だね。半年くらいここでゆっくりしたいなあ」

そのように独り言を言っていると、イージスの足が止まる。

「…………」

沈黙もしてしまうが、その理由はフラグを立ててしまったから。

「……あれ、ここは聖域のはずじゃ」

　神殿といえば聖なる気で守られた聖域、邪悪なものは近寄らない。また大地母神の総本山ならば自警団が組織され、凶悪な魔物は駆逐されているはずであった。このような魔物と遭遇するなど、あり得ないことであった。イージスはしばし目の前の魔物、悪魔の熊《エビル・グリズリー》に注目する。

「悪魔の熊は何十年も生きたグリズリーに邪悪な霊が取り憑《つ》いた特殊個体、聖地には絶対現れないはずなんだけど……」

　たらり、と冷や汗が流れる。聖なる盾のときはどのような敵と対峙《たいじ》しても臆することはなかった。聖なる盾はどのような攻撃にも耐える無敵の盾、絶対に傷つくことのない身体を持っていたのだ。

　──しかし、今は違う。擬人化したイージスの身体は脆《もろ》い。人間の小娘と同じ脆弱《ぜいじゃく》な柔肌しかないのだ。事実、悪魔の熊の巨大な手がイージスの顔の真横を通り過ぎた瞬間、イージスの頬が切り裂かれる。

「……かすっただけでこれね」

　ぺろり、と己の頬から流れ出た血を舐《な》めるイージス。少し格好つけてみたが、この悪魔の熊に勝てるかは未知数だ。盾のときは負けることなどあり得ないが、今のイージスはとてもか弱い存在、戦闘力がないわけではないが、慣れぬ人間の身体でどこまで出来るか、分からなかった。

「せっかく、ピチピチギャルの身体を手に入れたんだ。堪能《たんのう》するまで死ねないよ」

人間になったらやりたいことがいっぱいある。王都のお洒落《しゃれ》なストリートでタピオカミルクティーを飲みたい。可愛《かわい》いお洋服を着たい。イケメンとデートがしたい。盾のときに夢見たことをすべてしたいのだ。

そう思ったイージスは己の右手に魔力を込める。

イージスの右手が聖なる炎で真っ赤に燃える。

悪魔の熊を倒せと轟《とどろ》き叫ぶ！

「うぉー！　必殺のイージス・フィンガーだー‼」

魔力に満ちた一撃、イージス最強の技が熊の顔に直撃する。

「ヒート・エンド‼」

そう叫んだ瞬間、熊の頭部で爆発が起きる。普通の熊ならばその一撃で昏倒《こんとう》、あるいは戦闘力を削《そ》がれる、そんな一撃であったが、生憎《あいにく》とこの熊は〝普通〟ではなかった。

爆炎と煙が消え去った悪魔の熊の頭部は無事だった。

ほぼダメージを受けていない。余裕の笑みも見られる。

実際、熊は痛痒《つうよう》を感じていないようで、右腕を大きく振り上げると、それを振り下ろす。

ぐおん！

まるで巨大な丸太が飛んできたかのような勢いだった。もしも数センチずれていればイージスの顔は吹き飛んでいたかもしれない。そう恐怖し、数歩後ずさりしてしまう。

「へへ、人間の身体は恐怖を感じるのか」

格好つけてみたが、要は腰を抜かしてしまったのだ。へなへなと草地にお尻を着ける。まったく、世界最強の盾とも謳《うた》われたこのイージス様が腰を抜かした上に悪魔の熊に食べられるなんて。どんな三流の小説家でも思いつかない展開であるが、現実とは往々にしてこのようなものなのかもしれない。開き直ったイージスはあぐらをかき、腕を組み、口先を３のような形にする。

「ええい、もう勝手にしろ。喰《く》らわば喰らえ。でも、ボクは絶対不味《まず》いからね。お腹壊しても知らないんだからね！」

逆ギレ芸であるが、熊の巨大な顔が近づいてくるとさすがに震える。

「ひい、ごめんなさい。神様、もう保存食を盗み食いしたりしないから、どうか命ばかりはお助けを～」

その声に反応したのは天使のように清らかな声だった。

「イージスさん、あなたが祈った神は大地母神ではありませんでしたか？」

声の持ち主はよく見知った人物だった。草原のダンジョンでウィルの持ち物になって以来、ずっと一緒に旅を続けてきた少女。ウィルの左腕に装備されるようになってからずっと見ていた少女だ。

「ルナマリア！」

彼女の名を呼ぶ。

「胸騒ぎがするためやってきたのですが、まさかこのような魔物がいるなんて」

ルナマリアはそう言い放つと、背中から小剣を取り出す。

「この森は巫女《みこ》が沐浴《もくよく》に来る聖なる森。邪悪なものの侵入は許されない」

熊さん、ごめんなさい。そう結ぶとルナマリアは隼《はやぶさ》のように剣を振るった。ウィルよりは数段落ちる速度であったが、それでも目にも留まらぬ、と形容していいだろう。剣豪のような剛の剣ではないが、それに準じるものがあった。光の筋のようなものが見えると、次の瞬間には悪魔の熊の首が飛んでいた。

すぱっ！

まるで鋭利なカミソリで切ったかのような切れ味であった。

「しゅ、しゅごい」

とイージスは漏らすが、同時に少し残酷なようにも見えた。しかし、この一撃はルナマリアの優しさだった。せめて苦しまずに死ねるように。そして自分の腕でも一撃で仕留める方法を探った上での斬撃だった。その証拠に悪魔の熊の死に顔は、悪魔とは思えない安らかなものだった。熊の胴体から紫色の魂が抜け出る。憑依《ひょうい》していた邪霊が浄化された証拠であった。ルナマリアは死んだ熊のために祈りを捧《ささ》げると、イージスのほうに振り向いた。

「お怪我《けが》はありませんか？　イージスさん」

「ないよ。ありがとう、ルナマリア！」

元気よく言ったが、ルナマリアはまだイージスの腰が抜けていることを看破していた。手を差し出す。イージスはその手を取ると、なんとか立ち上がった。パンパンとお尻に付いた草を払うと、もう一度お礼を言う。

「気になさらないでください。私たちは仲間です」

「だね、マブダチだ」

馴《な》れ馴れしく抱きつくが、ルナマリアをぎゅうっとするとあることに気が付く。

「そういえばルナマリアは普通にボクに接しているね」

「と言いますと？」

「いや、だってルナマリアから見ればボクがパーティーにしれっと参加しているのは不思議に見えない？」

「イージスさんは聖なる盾が擬人化した姿なのですよね？」

「そだよ。でも、なんの疑いもなく自然と受け入れているように見えたから」

その素朴な疑問にルナマリアは答えてくれる。

彼女はさも当然、当たり前といった風に言う。

「ウィル様がそうおっしゃられたのです。なにを疑う必要がありましょうか？」

「…………」

草原の風のような涼やかな笑顔をする巫女様。聖女の名に恥じない清らかな笑顔だった。

思わず見とれてしまうイージス。

（ウィルは大切な相棒だけど、この子に取られるならまあいいかな……いや、いや、よくない）

そのような感想を抱くが、勿論《もちろん》、言葉にはしない。擬人化する前はともかく、擬人化した以上、イージスはすでにウィルの攻略対象。イージス・ルートもあり得るのだ。一度命を救われたくらいで諦めるのは馬鹿らしすぎた。

（まあ、それでも助けてくれたことは感謝するけどね）

イージスはその後、ルナマリアに「だいしゅきホールド腕版」をすると、ルナマリアの柔らかさを堪能した。


魔物を撃退したイージス一行。（ボクはなにもしてないけどね）そのまま散歩を続行する。悠長かもしれないが、ルナマリアのような達人がいるのならば問題ない。

うん、おkおk。

ルナマリアも聖域となっているこの森の様子を見て回りたいようだ。

「この森に魔物が現れるなど、初めてのことですから」

表情を強めるルナマリア。

「ルナマリアは昔からここにきていたの？」

「はい。ここより少し先に行ったところに聖女の泉と呼ばれている泉があります。毎朝、そこで身体《からだ》を清めていました。今日もこれから入ろうと思います」

「さっきも入ってたような、それにこれからお風呂《ふろ》に入るんじゃ」

「沐浴は魂も清めるのです。何度入ってもいいのです」

そのように弁明するが、たしかに彼女の身体は熊の返り血で汚れていた。

「てゆうか、今は温かいけど、冬も沐浴していたの？」

「一日も欠かしたことはありません。……あ、ありました。四〇度の熱が出たときはさすがに止められました」

「で、ですよねぇ」

「三八度になったら入りましたが。それ以外は毎日です。フローラ様のいいつけですし」

「フローラ様って大地母神の大司祭様だよね？　ルナマリアの育ての親の」

「はい」

「なんかちょっとルナマリアに厳しすぎない？」

「そうでしょうか？」

「そのエピソードもだけど、久しぶりに帰ってきたっていうのに淡泊すぎる」

「この時間は瞑想《めいそう》の時間なのです。お顔を出してくださっただけで望外の喜びなんですよ」

にこりと微笑《ほほえ》むルナマリア。

うーん、となるイージスだが、「ま、いいか」となる。

幸せは人それぞれ、そのように纏《まと》めると、ルナマリアとふたり、森を散策した。

魔物と遭遇することはなかった。

ルナマリアは、

（しかし、聖域に魔物だなんて……たまたま迷い込んだ？）

と心の中でつぶやく。次いで衣服を脱ぎ、冷たい泉に浸《つ》かりながら瞑想を始める。己の肌をアンテナ代わりに周囲の気配を探る。

（相変わらず神聖な空気に満ちている。……しかし、なにかがおかしい。森がざわついている……？）

違和感を覚えるルナマリアであるが、それを言語化することは出来ない。ルナマリアは珍しく、焦燥感を覚えるが、聖なる盾娘のイージスはそれを払拭《ふっしょく》する。

「うぉー、ちべてー！」

そう言いながらも、裸身のイージスは楽しそうな笑みを浮かべて語りかける。

「まだ秋口でこれなら冬は拷問じゃね？　氷が張ってワカサギが釣れそう！」

「イージスさんまで沐浴されることはないのに……」

「なに言ってるの。ルナマリアの苦しみはボクの苦しみ。それに聖なる泉の水を浴びて、処女力アップだ！」

そのようにやりとりしていると、ルナマリアの耳にぴきりという音が響く。

一瞬にして真剣な表情になるルナマリア。イージスはなにごと？　と尋ねてくる。

「なにものかの気配がします」

「さすがルナマリア、耳がいい。──魔物の気配？」

「いえ、違うようです。人間かと」

「うぉ、きっとデバガメだ。巨乳でえちぃなボクの胸を視姦《しかん》しにきたんだ」

「……巨乳？」

ルナマリアはイージスの胸を確認するが、彼女の胸が揺れた気配は一切なかった。ツッコミを入れたいところであるが、今はそのような雰囲気ではないので無視する。

「──人間の足音。──ひとりですね。おそらくは御婦人のもの。──武器は携帯していないようです」

「善人？」

「そのようですね。歩き方に悪意はありません」

「じゃあ、接触したほうが早そうだね」

「そういうことです。おそらく、足を挫《くじ》いているか、怪我をしています。びっこを引いています」

「なるる」

イージスはそう言うと。「そこの御婦人、なにかあったの？　世界一可愛《かわい》い盾がなんとかしてあげるかもよー」と茂みをかき分けて接触を図る。

茂みの奥にいた御婦人はびくりとする。まさかこのような場所でこのようなキャラと出会うなどとは夢にも思っていなかったのだろう。さもありなんだが、彼女は僅かな時間で自分を取り戻すとイージスに尋ねる。

「もし、もしや、あなた様は聖女様ですか？」

「おお、ボクの清らかなオーラは隠し通せないか」

「……違うようですね」

ガクっと精神的によろめくイージスだが、「まあ、たしかにそうだけどさ」と口を尖《とが》らせる。

「ボクは聖女ではないよ。聖女様はそこにいる。泉の中に」

「いえ、正確にはもうここにいます」

見ればルナマリアは裸身のまま御婦人の前に立っていた。

一糸まとわぬ美しき裸身、それに堂々とした態度、まさしく彼女こそが聖女であった。

「ああ、聖女様、お会いしとうございました。あなた様が盲目の巫女様ですね」

「はい。世間ではそのように言われています」

「先ほど村のものからあなた様をお見かけしたと聞きました。皆、聖女様のご帰還を心より喜んでおります」

「有り難《がた》いことです。……しかし、そのご様子、どうしたというのです？」

「たしかにすごい表情」

イージスも同意する。目の前の御婦人、名前をサイナというらしいが、彼女は明らかに困惑していた。焦燥と恐怖を孕《はら》んだ表情をしていた。とても聖女の祝福を受けに来たようには見えなかったので、ルナマリアは単刀直入に尋ねた。

「なにかお困りごとがあるのですね？　おっしゃってみてください。解決に力を貸せるのならば貸しますよ」

「……!?」

その言葉を聞いた瞬間、サイナのこわばった表情が緩む。それと同時に堰《せき》を切ったように涙が溢《あふ》れ出る。しかし、彼女は言語不明瞭になることはなく、冷静に事態を告げる。

「聖女様、お願いします！　どうかわたしの村をお救いください！　わたしの村が魔物に襲われているのです！　わたしの娘が――」

最後の言葉は弱々しいが、切実であった。

その様子を見て感じ入ったルナマリアは、こくりとうなずくと、サイナの村を救うため、すぐに衣服を身に着け、泉をあとにした。

女三人、村へ急ぐ。サイナが鈍足であるため、早くはないが、休むことなく向かう。道中、イージスが尋ねる。

「ねえ、本当にウィルを呼んでこなくていいの？」

「はい」

即答するルナマリア。

「たしかに長旅で疲れているだろうけど、あとで聞いたら怒ると思うよ」

「でしょうね、お優しい方ですから」

そのように肯定するとルナマリアは続ける。

「ウィル様の力は疑っていませんが、今は時間がありません。到着を待ってから助けに行ったのではなにもかも手遅れになってしまうかもしれませんから」

「なるほど」

「神殿には誰か向かっていますか？」

息も絶え絶えのサイナ夫人に尋ねる。

「はあはあ……、はい、他の……村人が……」

「…………」

呼吸が乱れているサイナを見たルナマリアは決断する。サイナをこの場に置いていくことにしたのだ。幸い村の位置は把握できた。遠くから魔物の咆哮《ほうこう》と村人の悲鳴、戦闘音が聞こえてくる。そこに向かえば村に到着するはずであった。ルナマリアはイージスに向かって声を張り上げる。

「イージスさん、サイナ夫人をよろしくお願いします。私は先に村に赴き、魔物に天誅《てんちゅう》を下してきます」

「……この期《ご》に及んでひとりで抜け駆けとは言わないよ。分かった。サイナ夫人はボクが守りながら連れて行くから」

あうんの呼吸で了承するイージス。長年連れ添った仲間のような意思疎通力であるが、事実、ルナマリアとの付き合いは長い。無論、ルナマリアはイージスと言葉を交わすことは出来なかったが、それでも何度もともに死線をくぐり抜けてきたのだ。

この戦いでもまた――。

そのように心の中で締めくくると、ルナマリアは最大速度で村に向かった。

サイナの村を襲撃していたのはワームだった。ワームとは蛇と竜の合の子のような形をした生き物だ。頭は竜、身体は蛇の化け物であるが、全長五メートル級のワームが村人を頭から丸呑《まるの》みしようとしていた。ルナマリアは躊躇《ちゅうちょ》することなく、ワームを切り裂くと、村人を救う。

ワームの体内の暗闇から解放された村人は感謝するが、ルナマリアはそれにかまうことなく、次のワームに斬り掛かった。今度は三メートル級であるが、それでも敏捷《びんしょう》で力強い。

(少しでも気を抜けば私も食べられてしまう)

ルナマリアは神経を研ぎ澄ませ、ワームの群れに対処する。

(それにしてもこんな大量のワームが村を襲撃するなんて……)

元々、大地母神の神殿周辺はワームが出現することで有名であったが、このように群れをなすことは稀《まれ》であったが。

「……先ほどの悪魔の態もそうだけど、なにかがおかしい」

そのように口にしながらルナマリアは村の最奥に向かった。

最深部に向かったのはサイナの家がそこにあると聞いていたからだ。そこには彼女の娘が取り残されているという情報だった。水竜祭の飾りがしてあるとのことだったので、すぐに家の目星が付く。家が無事だったのを確認すると、ルナマリアはほっと吐息を漏らすが、すぐにその吐息も止まる。

足下が揺れ出したからだ。地震のような揺れと地鳴り。地下からとんでもない化け物がやってくる。そう確信したルナマリアは飛翔《ひしょう》する。

すると先ほどまでルナマリアがいた場所は陥没し、そこから巨大なワームが口を出してきた。ルナマリアを捕食しようとしたのは巨大なワームであった。姿形を見ることが出来ないルナマリアであるが、異様な気配で即座にそれがなんであるか察することが出来た。

「鱗甲《りんこう》のワーム！」

鱗甲のワームとはこの辺りに住むワームの主のような存在だ。通常、ワームは一年に一枚、鱗《うろこ》が増えていくが、鱗甲のワームの鱗の数は万に近い。つまり文明が成立するよりも前からこの付近に住んでいるという見解もあるのだ。氷河期や大災害、聖魔戦争をも生き延びた古強者《ふるつわもの》。それがこの鱗甲のワームである。

ルナマリアは即座に戦闘を断念すると、村人の救出を優先する。大声を張り上げながら退避をうながす。すると遅れてやってきたイージスが上手《うま》く誘導をしてくれた。

巨竜のようなワームは村を破壊するが、ひとりの犠牲も出すことなく、退避が完成しそうであった。

――これも大地母神のご加護。

天に感謝するルナマリアであるが、それも中断される。ルナマリアの信心が足りなかったわけではない。むしろ、その篤《あつ》すぎる信仰心が徒《あだ》となることになる。

見ればひとり逃げ遅れたものがいた。足を怪我《けが》している少女、先ほど出会ったサイナという女性にそっくりな少女が道の真ん中で倒れていた。どうやら転んで足を折ってしまったようだ。

このようなときに、と思わないでもないが、折れてしまったものは仕方ない。ルナマリアは彼女の骨を接《つ》ぐべく、駆け寄ろうとするが、その瞬間、二匹のワームが飛び掛かってきた。

敵にとっては最良のタイミング、ルナマリアにとっては最悪のタイミングだった。避《よ》けることは出来る。しかし、避けてしまえば少女を救えなかった。見れば眼前には巨大なワームが迫っていた。鱗甲のワームが大口を開け、少女を飲み込もうとしていた。

その刹那、ふたつの選択肢が脳裏に湧く。

ルナマリアが取れる選択肢はふたつ。

ひとつ、この身を捧《ささ》げて少女を助ける。

今、このワームに右手を与えればその隙に少女を助けることが出来るかもしれない。

腕一本を持って行かれるが、それで少女を助けられるのならば安いものであった。

ふたつ目は我が身可愛さに保身に走る。

この場でワーム二体を斬り殺してから、少女を救うという手だ。

そのようなことをすればおそらく、間に合わずに少女は食い殺されること必定であった。

ふたつの案が浮かんだルナマリアであるが、決断は早かった。

ワームに右手を与えることにしたのだ。

喰《く》らい掛かるワームの攻撃を避けずに少女を助けようとしたが、その行動は失敗に終わった。

ルナマリアの判断が遅かったわけではない。むしろルナマリアの決断は光よりも早かった。能力が足りなかったわけでもない。ルナマリアの敏捷《びんしょう》性、技術、胆力は優秀なものであった。

ならばなにが失敗に結びついたかと言えば、それは少女の母親の愛情であった。遅れてやってきたサイナは娘を助けるために戦闘に加わったのだ。

しかし、武術とは無縁の村人のサイナ。伝説のワームに対抗できるわけもない。かえって彼女の娘を救おうとするルナマリアの邪魔となった。ルナマリアは軌道修正を強いられる。

襲いかかるワームに斬撃を加えながら、サイナに退避をうながすが、彼女は首を縦に振

ることはなかった。彼女は一度娘をひしと抱きしめると、そのまま娘の両肩を強く押して
イージスのほうに向かわせ、自分は神に祈りを捧げ始める。

母親に押された少女はよろめきながらも数歩歩き、イージスの腕の中に収まる。

しかし、サイナはそのまま――

そのまま巨大なワームの口の中に収まる。丸呑みにされるサイナ。その姿を察して、ルナマリアの両目に涙が溜《た》まる。

「救えなかった……、救えなかった。救えなかった。救えなかった」

ルナマリアは落胆し、落涙し、その場に泣き伏すが、この最悪の状況を覆《くつがえ》すものが現れる。

「ルナマリア、落胆するのはまだ早い！　僕たちはまだ最善を尽くしていない！」

ルナマリアを勇気づけるもの、この世界で一番心強いもの。

そのものの名は「ウィル」、神々に育てられしものだった。

ウィルは隼《はやぶさ》のような速さで大ワームの懐《ふところ》に入ると斬撃を加える。

その一撃でよろめく大ワーム。巨大なワームにもウィルの剣技は通用するようだ。そのままウィルは鱗甲のワームを圧倒しようとするが、それは出来なかった。

地中に無数の穴がうがたれ、そこから多数のワームが飛び出してきたからだ。その大き

さは一メートルから五メートルと様々であったが、皆、〝意思〟を持っているかのようにウィルを狙った。さしものウィルも、堪《たま》ったものではない、と後退する。

ルナマリアはウィルの側に駆け寄る瞬間、林の奥に邪悪な人の気配を感じる。

「……やはりゾディアック教団が一枚噛《か》んでいるのね」

怒り狂うワームたち。先ほどの悪魔の態もおそらくゾディアック教団の仕業だろう。どうやって聖域に潜り込ませたか、は、さておき、黒幕の存在が分かると奇妙な納得を覚える。

無論、納得を覚えるだけで怒りは収まらないが。

唇を噛みしめるルナマリアだが、今はやつらをなじるときではない。今、しなければいけないのはサイナの敵討ち、それと村人の安全の確保だった。ウィルもそれは承知らしく、即座に指示を出してくれる。

「僕が小さなワームを引き受けるから、ルナマリアは村人たちの先導をしてくれ、それに少女の手当ても」

「はい」

即座に承知するとイージスから少女を受け取り、回復魔法を掛ける。

その間、攻撃を一切受けなかったのはウィルの獅子奮迅《ししふんじん》の働きのお陰であった。まったく、なんと頼もしい少年だろうか。改めてウィルの凄《すご》さに感銘を覚えるが、それでもワームの攻撃には辟易《へきえき》しているようだ。操り主の存在には気が付いているものの、攻撃に転じられないでいる。

ならばこのルナマリアが、と助力しようとするが、こちらもこちらで村人の退避と少女の手当てで動くことは出来ない。時折、鱗甲のワームが攻撃を加えてくるのも厄介だった。次第に追い詰められていくウィルとルナマリア。このままでは身に危険が。いや、村人の被害が拡大してしまう。そう思ったそのとき、天から光明が差す。

それは比喩ではない。邪悪を切り裂くような光が灰色の雲を割って、天から漏れ出た。無論、ルナマリアには見えないが、〝感じる〟ことは出来る。

神の存在と慈愛を。

光の柱の下にはルナマリアがこの世界で最も尊敬すべき人がいた。大地母神教団の指導者にしてルナマリアの育ての親。大司祭フローラがそこにいた。

彼女は神々《こうごう》しいオーラを携えながら、一歩、歩み出す。すると多くのワームが彼女を喰らおうと寄ってくるが、彼女は邪悪なワームをオーラのみではね除《の》ける。まるで大地母神が乗り移ったかのような神々しさと気高さを誇っていた。

否《いな》、彼女はそのような生やさしい存在ではない。大地母神の慈愛だけでなく、戦神の猛々《たけだけ》しさも持っていた。フローラは得物である錫杖《しゃくじょう》を振り回すと、周囲に群がるワームどもを一瞬で消滅させる。彼女の聖なるオーラは邪悪な存在が呼吸することさえ許さない。

清らかなる大司祭は聖なる翼を生やし、そのまま鱗甲のワームのもとまで飛翔すると、聖なる光で大きな拳を作り上げる。

《神の手》、ゴッドハンドと呼ばれる神聖魔法だ。

神聖魔法を極めたものしか使うことが出来ない究極の魔法のひとつであるが、フローラはなんなく使いこなす。神々しい神の手によって鱗甲のワームの喉元を締め上げると、そのまま押しつぶす。ものすごい勢いで暴れる大ワームであったが、今のやつは漁師に摑《つか》まった鰻《うなぎ》でしかない。ぽきり、フローラは眉ひとつ動かすことなく、鱗甲のワームの首をへし折る。その姿に慈悲はなかったが、彼女の顔は菩薩《ぼさつ》のように穏やかだった。

イージスなどは無言で冷や汗を流し、ウィルも圧倒されているが、ルナマリアだけがフローラの優しさを知っていた。彼女はワームにすら慈悲を掛ける。一匹たりとも苦しめることなく殺したのだ。改めて育ての母親の慈悲を身近に感じたルナマリアであったが、まだワームは残っている。フローラには敵《かな》わないと悟ったやつらは、村人に襲いかかろうとするが、それは教団の司祭たちによって防がれる。

遅れて三賢母たちもやってきたのだ。

無論、大司祭フローラには及ぶべくもないが、それでも一流の神官戦士としての腕前を見せる彼女たち。大地母神の司祭は全員、幼き頃から戦闘の訓練を受けて育ってきているのだ。大地母神の神殿は寺社領と呼ばれ、自治が認められている。その代わり国などからの庇護《ひご》は受けられない。すべて自分たちでトラブルを解決しなければいけないのだ。自由と武力は同義語であることを彼女たちは知っていた。

可憐《かれん》な巫女《みこ》たちも皆、戦闘に長《た》けていた。次々と小ワームを撃ち倒していく神官たち。勝負はあっという間に決した。三賢母のひとり、ミスリアが敵の魔術師を捕縛すると、残ったワームたちも逃げ始める。

ウィルたちは勝利を収めたが、誰ひとり勝ち鬨《どき》を上げるものはいなかった。大地母神の巫女たちは戦闘の達人であるが、イコール好戦的というわけではないのだ。彼女たちは即座に傷付いた村人たちの治療を始めていた。ルナマリアもその輪に加わる。

†

村人を救出した大地母神の教団は、そのまま護衛を何人か残し、神殿に撤収する。

道中、なぜ、神殿のお膝元である村でこのような事件が起きたのか、僕は三賢母のひとりに尋ねる。アニエスさんは「分からない」と首を横に振った上で、こう答えた。

「ゾディアック教団の手の者であることには変わりない。やはりゾディアック教団は討つべき存在だ」

　その言葉にポウラさんも賛同する。

「ゾディアック教団は闇の陣営、大地母神教団は光の陣営です。永遠に相容《あいい》れることはないでしょう」

　温厚な彼女が言うのならばその通りなのだろう。しかし、問題なのはゾディアック教団の手のものが大地母神の神殿の喉元まで侵入していたということだ。僕は悪魔の態、それにワームの群れについて尋ねる。ポウラさんは神妙な面持ちになると、吐息を漏らす。

「このようなこと、大地母神教団の歴史数千年の中でも初めてのことなのです」

「やはり異常事態なのですね」

「はい。ゾディアック教団の仕業だと思われますが、そう簡単に聖域の中には入れないはず……」

　溜め息を漏らすと、なぜでしょうか？　と僕に尋ねてくるポウラさん。なぜでしょうかと言われても部外者である僕に分かるわけもない。そのように返答すると、「ですよねえ」と再び溜め息を漏らすふくよかな女性。意気消沈する彼女に追い打ちを掛けるかのようにミスリアさんが報告をしてくる。

「手の空いている巫女に聖域の結界を調べさせたのだけど、何者かによって破壊されていたわ。――内部から」

「内部!?」

その言葉を聞いたポウラさんとアニエスさんは眉をひそめる。

「内部からということはこの教団内の誰かが――」

ポウラさんの言葉がそこで止まったのは、アニエスさんが「滅多なことを言うものではない」と口止めしたからである。味方を疑うようになったら敵の思うつぼだぞ、というのが彼女の主張であった。しかしだからといって調査をしないわけにはいかない。三賢母たちは直属の部下たちに調べさせることにしたようだ。

このようにゾディアック教団による襲撃事件は展開していくが、もうひとつ気になることが。ルナマリアの様子がおかしいのだ。先ほどから心ここに在らずという顔をしている。

自分の教団内に裏切り者がいるかもしれないという事実はそれほど衝撃的なのだろう、と口にすると聖なる盾であるイージスは「違うよ」と主張する。

やれやれ、というポーズとともに、

「ウィルはルナマリアのどこを見ているんだい。おっぱいしか見ていないいんじゃないの?」

と呆《あき》れた。

そのようなことはないと反論すると、イージスは冗談だよ、と村のほうを指さした。

「ルナマリアが集中しているのはあれだよ」

「あれ……？」

イージスが指さす方向を見てみると、そこには先ほどの御婦人がいた。サイナさんだ。

どうやら三賢母たちが鱗甲《りんこう》のワームの腹を切り裂き、救出してくれたようだ。彼女は愛《いと》しい娘をぎゅっと抱きしめている。麗《うるわ》しい親子愛であるが、この光景を見てなぜ、放心しなければいけないのだろうか？　そのように考えているとルナマリアはこのように漏らす。

「……サイナさんは我が身も顧みずに子供を助けた。今も宝物のように娘さんを抱きしめている」

その台詞《せりふ》でルナマリアの心境を察した。世間一般の親子関係というものを改めて考えているようだ。僕はルナマリアの母親の姿を探す。

大司祭フローラ様はすでにこの場にいなかった。義理の娘の奮闘を称《たた》えることなく、神殿に戻っていた。酷薄というのは正しくないだろうが、サイナさんとは雲泥《うんでい》の差であることはたしかだった。しばし、彼女の哀愁漂う姿を見つめるが、ルナマリアはくるりと振り向き、

「ウィル様、世間の親子というのは皆、ああいうものなのでしょうか?」

と尋ねてきた。

「…………」

僕はルナマリアに慰めの言葉を掛けたかったが、それは出来ない。父と母に甘やかされて育ってきた僕に「肯定」も「否定」も出来ないと思ったのだ。

僕はただ、

「親子の形は人それぞれだよ」

と一般論を語ることしか出来なかった。

悔しくも情けない回答である。いわば僕は逃げ出したのだ。どのような魔物にも、悪魔にも臆することはなかったのに……。そのように下唇を噛《か》みしめ、空を見上げるが、そこには一羽の鳥が舞っていた。

レウス父さんだ。今こそ導きの言葉が欲しかったが、父さんはなにも言わずに僕たちの頭の上を旋回するだけであった。

†

神殿に戻ると湯を勧められる。元々、お風呂《ふろ》を用意して貰《もら》っていたということもあるが、先ほどの戦闘で泥だらけ、血だらけの僕たち。そんな格好で神殿の中を歩き回られたら堪《たま》ったものではないということなのだろう。

これから一連の事件と今後の対処について、大司祭フローラ様と話し合わなければいけないので、まずは身を清める。ルナマリアはさらに森の泉に沐浴《もくよく》までしに行く。

イージスは、

「シズちゃんみたい」

とわけの分からないことを言うが、気にせず風呂を馳走《ちそう》になる。

大神殿の大浴場はとても広い。

ドワーフが作ったと思われる彫像が水瓶《みずがめ》を持っており、そこからお湯が出ている。

客人用、あるいは団体客用の風呂で、滅多に使われることはないらしいが、それでも手入れが常にされているらしく、素晴らしい質のお湯が間断なく流れていた。

かぽーん

頭に手ぬぐいを載せ、お湯を楽しむが、途中、イージスも乱入してくる。はしたない、と、たしなめるが、彼女は平然と主張する。

「大地母神の神殿は女性の園なんだよ。女子用しかないの。そこを使っているウィルのほうが異分子なんだよ」

「………」

なるほど、たしかにそうかもしれない。大地母神の神殿には男湯も男用のトイレもない。皆、女性用だ。僕のほうが異分子という主張はある意味説得力がある。なので手ぬぐいで自分に目隠しをすることにした。

イージスは、

「ぷぷぷ、可愛《かわい》い」

という言葉をくれるが、僕は無視すると、ルナマリアについて尋ねた。

「あの親子を見ていたルナマリアは少し変だった。

「だね。たぶん、色々と思うことがあるんだよ」

「サイナさんだけでなく、昔から仲の良い親子を見ると、ぼうっとしていた。たぶん、子供の頃に家族を亡《な》くしたことが原因なんだろうけど……」

「それと育ての親であるフローラさんの厳しさも」

「かもしれないね」

「まあ、子供は親を選べないからね」

「そうだね。僕はとても幸せだったのかもしれない」

「だよ。もっと感謝しな」

「うん」

僕もルナマリアと同じように実の両親はいない。赤子の頃に万能の神レウスに拾われたのだ。以後、テーブル・マウンテンで優しくも厳しい父母のもとで育てられた。

ある意味、ルナマリアと同じ境遇なのだ。僕は仲の良い幸せな親子を見てもなにも思うことはないが、ルナマリアは違った感情を覚えるようで……。色々な感情が渦巻くことは容易に想像できるが、これぱかりは彼女の問題であった。なんとかしてあげたいという気持ちを抑えつつ、僕はお風呂から上がる。

「ぞうさーん」

と叫ぶイージスを無視すると、そのまま身体《からだ》を拭き、神殿の奥に向かった。そろそろルナマリアも戻ってくる頃だと思ったのだが、絶妙のタイミングで合流する。ちらりとルナマリアを見るが、彼女はいつもの気高さと神聖さを携えていた。

（……やはりルナマリアは強い子だ）

改めて彼女の強さに敬意を表すと、そのままフローラ様に面会を求めた。

大司祭の執務室の扉を開く。

神殿は立派であるが、大司祭の執務室は呆れるほど質素だった。

飾り気のない机がひとつ、フローラ様が座っている椅子もとても粗末だ。まるでローニン父さんが日曜大工で作ったかのような出来映えの椅子だった。事実、その椅子は教団の巫女《みこ》さんが作ったものらしい。

質実剛健を旨《むね》とする大地母神の教えを地で行くような部屋であった。改めて教団の素朴さに感心をしながら、室内を見渡すが、すでにそこには三賢母も揃《そろ》っていた。皆、神妙な面持ちをしている。

憤《いきどお》っているのではない。いや、それを通り越して好戦的なものもいた。無論、僕たちに対してではない。ゾディアック教団にである。三賢母のひとり、アニエスさんは今にも剣を抜き放たんばかりにフローラ様に詰め寄る。

「フローラ様、堪忍袋《かんにんぶくろ》の緒が切れました。今すぐにでもゾディアック教団の本部に乗り込みましょう。悪を滅殺するのです」

鼻息荒いアニエスさんを諭すは温厚なポウラさん。

「アニエス、いけません。ここで激すれば敵の思うつぼです」

「ポウラ、あなたはぬるすぎる。指導者たる三賢母のひとりがこんなだから、ゾディアック教団に舐《な》められるのです」

「なんですって」

　珍しく口論になるアニエスさんとポウラさん。ふたりはいくつかやりとりすると味方を増やそうとミスリアさんを見つめるが、彼女は沈黙によって答えた。そうなれば第四の権力者のルナマリアに視線が行くが、彼女は僕に丸投げをする気満々のようだ。

「私はウィル様の従者です。彼の意見に従うまで」

　そのような態度を崩さなかった。そうなるとすべては僕に託されるが、客人が大地母神教団の命運を決めるわけにはいかない。僕はフローラ様に尋ねる。

「ゾディアック教団と戦う運命は変えられません。しかし、どのように戦うかは決められる。フローラ様はどのようにお考えですか？」

　玉虫色の回答かもしれないが、アニエスさんとポウラさんは納得したようだ。

　元々、フローラ様の答えに従うことは決めていたようで、先ほどのやりとりはある意味、僕を試していたのかもしれない。そう思ったが口にはせず、フローラ様の回答を待った。

　彼女は岩となったかのように沈黙する。

「――――」

　深淵《しんえん》で神々と対話をするかのように目をつむってから、ゆっくりと目を見開いた。

「――大地母神教団は光の陣営、ゾディアック教団は闇の陣営。互いに妥協することは永遠にないでしょう」

それには全員、同意だった。今さら異を唱えるものなどいない。

「今こそ、ゾディアック教団を滅するときです」

その言葉は決意に満ちていたが、ポウラさんが控えめに反論する。

「しかし、ゾディアック教団を滅ぼす力は我々にはありません。ゾディアック教は有史より前から存在する邪教。その勢力は根深く、強靭《きょうじん》です」

「各国の要人にも信徒が紛れ込んでいるとか」

「そのようですね。たしかに我らの教団だけではゾディアック教団は滅ぼせません。――しかし、我々には切り札がある」

「切り札……まさか⁉」

ポウラさんは己の足下を見る。

「左様です。この神殿の地下にある宝物《ほうもつ》を使います」

「宝物とはまさか〝大地の鎧《よろい》〟のことではありませんよね？」

「大地の鎧？」

僕が疑問を口にすると、ルナマリアが答えてくれる。

「大地の鎧とは聖魔戦争のときに大地母神が大勇者に与えた鎧のことです。あらゆる厄災から身を守り、どのような矛も寄せ付けないとか」

「そんなすごい鎧があるんだね」

「はい。この神殿が建立《こんりゅう》されて以来、ずっと地下の迷宮に安置されてきました。大勇者の後裔《こうえい》に託すためです」

「僕は大勇者の後裔じゃないけど……？」

「そうです。このものはたしかに凄《すさ》まじい実力を秘めていますが、大勇者そのものではない。大地の鎧を使いこなすことは出来ません」

アニエスさんもそう主張するが、フローラ様はゆっくりと首を横に振る。

「たしかに大勇者にも勇者にも紋様がありました。その後裔と目されしものたちにも。しかし、私は常々、勇者は資格ではなく、〝ありようそのもの〟が条件だと思っています」

「ありようそのもの……ですか？」

ポウラさんは問い返す。フローラ様はうなずく。

「生き様、と言い換えてもいいかもしれません。私はウィルさんの行動を常日頃から見ていました。彼には勇者の紋様はありませんが、その生き様は勇者そのもの。いえ、勇者を凌駕《りょうが》しています」

周囲の視線が集まる。気恥ずかしい。

ルナマリアはそんな僕のことなど、気にもとめずに主張する。

「その通りです。ウィル様は勇者以上の存在です。剣の勇者様も、樹《き》の勇者様も皆、ウィル様に心酔しています。ウィル様の行動によって人生を変えられました。そのようなことは選ばれしものにしか不可能です」

「たしかにその報告は受けているけれど……」

「ウィル様ならば必ず大地の鎧を手に入れ、ゾディアック教団を滅します。三賢母の皆様、是非、ウィル様のことを信じてください」

深々と頭を下げるルナマリア。教団の秘蔵《ひぞ》っ子の必死の懇願、それに指導者の言葉。両者、どちらも重い。三賢母は互いに顔を見合わせると、うなずき合う。

「分かりました。我ら三賢母、以後、ウィルさんに全面的に協力します」

「三賢母の皆様！」

ぱあっと目を輝かせるルナマリア。決意をした三賢母の表情も緩む。

「そうと決まったら善は急げです。さっそく、大地の鎧を取りに向かいましょう」

三賢母たちはそれぞれの懐《ふところ》から鍵を取り出す。

それは大地の鎧がある宝物庫に続く迷宮の鍵であった。三賢母の意志、それと大司祭の祝福が地下迷宮への鍵となるのだ。フローラ様はみっつの鍵に祝福を与える。すると鍵は黄金色に輝き始める。これで地下にある大扉が開くことになるのだが、フローラ様は、探索は明日にすると明言する。

「ウィルさんたちは今日、到着したばかり。疲れていることでしょう。探索は明日、教団の総力を挙げて行います」

三賢母たちはそれぞれにうなずく。フローラ様も同じようにうなずくと退出をうながした。なんでもこれから、各国の首脳に向けて、援助要請の手紙を書くとのこと。ゾディアック教団の伸張はもはや国家的危機と説き伏せるようだ。まったくもってその通りであったので、僕たちは退出することにした。ちらりと手紙の宛名を見てしまうが、知り合いのクラウス卿《きょう》やブライエンさん、アナハイムさんの名もあった。

フローラ様の部屋を出ると、ポウラさんが食堂に連れて行ってくれる。明日に備えてたくさん食べなさい、と山盛りのマッシュポテトをよそってくれた。獣肉やお酒なども振舞われる。

大地母神教団は美食をよしとしないらしいが、ポウラさんだけは例外で、密《ひそ》かに美食を追求しているらしく、とても美味《うま》い料理が並べられる。

この辺が名産の馬鈴薯《ばれいしょ》を使ったビシソワーズはとても美味《おい》しかったし、マッシュポテトの上に載せられた塩辛という食べ物はとても美味かった。馬鈴薯の素朴な甘みととても調和が取れているのだ。

文字通りお腹《なか》がパンパンになるまで詰め込むと、そのままそれぞれの個室に戻る。

明朝、大地の鎧調査団が派遣される。僕たちが主力となるので寝過ごすことなど許されない。夜明けとともに起きるためには余計なことはせずに寝たほうがいいだろう。

ユノやトランプをやろうというイージスを追い返すと、即座に眠りにつく。

目をつむると、大地の鎧について考察する。

(大勇者がまとったという伝説の鎧か……)

最強の防御力に不可思議な力があるというが、問題は僕に装備できるか、であった。

かつて勇者しか装備できない聖剣を手に取ったことがあるが、見事に装備できなかったのだ。勇者の剣も装備できないのに、大勇者の鎧など、装備できるのだろうか?

ルナマリアは自信満々であったが、僕としてはあまり自信がない。それは肝心のフローラ様も同じようで……。彼女は大地の鎧を取りに行くことは勧めたが、僕が〝装備〟できるとは一言も言わなかった。託すに足りるとしか言わなかったのだ。

あの神妙な表情、なにか深慮遠謀があるに違いなかったが、今の時点でそれがなんであるか、分からなかった。ただ、彼女はルナマリアの義理の母親にして師匠、なにか考えがあるに違いない。そう思った僕は素直に彼女の勧めに従うことにした。明日、地下迷宮に潜って、大地の鎧を手に入れる。

——それから。

それは未知数であるが、きっとゾディアック教団を殲滅《せんめつ》できる。彼らの悪《あ》しき野望を阻止できる。いや、する。決意を新たにすると、僕は眠りに落ちた。

†

大地母神教団の朝は早い。

鶏どころか太陽よりも早く目覚めると、朝の修練の準備を始める。巫女《みこ》は沐浴《もくよく》や水垢離《みずごり》をし、神の声を聞こうと尽力する。見習い巫女は朝餉《あさげ》の準備や掃除を始め、巫女や司祭が修行に集中できるように努める。一部の遅滞もなく繰り広げられる日常、いつもと同じ朝。

ひとつだけ違うところがあるとすれば今日は客人がいるということだろうか。いつものように朝の日課をこなす大地母神の神殿の女性たち、彼女たちの勤勉さを見つめるのは客人の僕。朝餉の準備に加わろうとすればやんわり断られ、掃除をしようとすれば黙って掃除道具を没収される。無論、沐浴などを手伝うことは出来ない。完全に客人扱いであるが、それも仕方ない。大地母神の教団は女性のみで構成された宗教団体、男子である僕は異分子以外のなにものでもない。お手伝いをするほうが邪魔になるのだろう。そう思った僕は神殿の庭で素振りをすると、朝食の時間を待った。

朝食は質素なものであった。昨晩の歓待は異例のことで、今日の朝食が平常のものらしい。イージスは味気ないと不満を漏らしていたが、僕は巫女たちを見習うように勧める。彼女たちは粗食に文句をつけることなく、美味しそうに食べていた。無論、食事の前のお祈りも欠かさない。イージスにも見習うように勧めるが、彼女には暖簾《のれん》に腕押しのようだ。

一五分ほどで食事を摂《と》り終えるとそのまま神殿の奥に向かう。

奥に進むほど物々しくなるのは重要な宝物などが安置されているかららしいが、僕たちはその中でも最高のお宝を取りに行かなければいけない。神官戦士たちが守護する扉を何個か抜けると、ひと際《きわ》大きな門が見えてくる。

古めかしくも美しい意匠が凝らされた門だ。おそらくこれが大地の鎧が安置されているという試練場に続くという門であろう。同行している三賢母たちが鍵を開ける瞬間を見つめる。

彼女たちが懐から取り出した鍵は眩《まばゆ》い光を放つと、かちゃりと音を上げる。ルナマリアはごくりと喉を鳴らす。

「試練のダンジョンの扉が開くのは聖魔戦争以来のことです」

と説明をしてくれる。由緒《ゆいしょ》正しいダンジョンなのです、とのことだが深さはどのくらいなのだろうか？　尋ねてみるが、彼女は明確に答えることが出来なかった。

「この世で最も深いとも、地獄に繋《つな》がっているとも言われています」

正確な情報がないのは辛《つら》いが、数千年近く潜ったものがいないのならば仕方ない。仮に地獄の底まで通じていたとしても潜るしかないのだ。

大地の鎧を手に入れれば、ゾディアック教団打倒の第一歩となるかもしれない。そう思った僕は大地の試練場とあだ名されるダンジョンに潜った。

大地の試練場の第一階層は人工的なダンジョンであった。かなり広く、丁寧な造りだ。質実剛健な大地母神の教えにそぐわないような気がする――。

お上りさんのように観察していると、三賢母のひとりが僕の心中を察したようで、

「このダンジョンは教団が造ったものではありません。聖魔戦争のときの遺跡を利用したものです」

ミスリアさんの説明にポウラさんが補足する。

「この遺跡は元々、邪神ゾディアックを祀《まつ》るものでした」

「え？　そうなんですか？　まったく、邪悪な雰囲気はありませんが？」

「大地母神様が浄化しているのです。そもそもこの穢《けが》れた遺跡を浄化するためにここに神殿が建てられたと伝わっています」

「なるほど、合理的だ」

「大地は時間を掛けて汚染された土地を浄化しますからね」

「ということは少なくとも第一階層ではモンスターとは出くわさない、ということでいいんですよね？」

「はい。この階層には不浄な生き物はいません」

ポウラさんがそのように言った瞬間、前方に気配を感じる。

三賢母のひとりであるアニエスさんは剣を抜き放ちながら皮肉に満ちた台詞《せりふ》を放つ。

「浄化されているんじゃなかったっけ？」

「………」

ポウラさんとミスリアさんは沈黙によって答える。前方からやってきたのはイクストルと呼ばれる夢魔だった。半透明の蛸《たこ》のような化け物で、邪神ゾディアックの代表的な眷属《けんぞく》の一匹だ。

「まったく、第一階層からこれじゃあ、この先が思いやられるね」

イージスはやれやれ、となるが、三賢者の皆さんは不敵に微笑《ほほえ》む。特にアニエスさんは自信満々に一歩前に出ると、一瞬で消えた。

——次の瞬間にはイクストルは真っ二つになる。

その光景を見て、イージスは、

「ごいすー！」

と叫ぶ。

ミスリアさんが冷静に評する。

「アニエス、少し腕が落ちた？」

「うっさいわね。最近、神事で忙しかったのよ」

「これで腕が落ちたのか……」

是非、最盛期のアニエスさんとお手合わせ願いたくなった。

僕は剣神の息子、強きものを見るとわくわくしてしまう悪癖があるのだ。しかし、今はその悪癖は封印しなければいけない。大地の鎧《よろい》を手に入れるため、そのまま第二階層に向かった。

結論から言えば大地の試練場の浄化は道半ばだった。見た目こそは清浄さに包まれていたが、各階層は魔物で満ちていた。

第二階層では「アーク・クラウド」と呼ばれるガス状の魔物が。

第四階層では「ゼラチン・ウォール」と呼ばれるスライム状の魔物が。

それぞれ襲いかかってきた。

皆、瘴気《しょうき》に満ちた邪悪な土地にしか棲息《せいそく》しない魔物である。それぞれに手強《てごわ》い魔物として知られていたが、三賢母の皆さんは一撃で倒していく。

最初こそその活躍を「ごいすー！」と喜んで見ていたイージスであるが、まったく苦戦しない三賢母たちに飽きてきたようだ。最後のほうではあくびをしながら「ごいすーごいすー」と言っていた。観客としては苦戦してほしいようだが、戦うほうとしてはこちらのほうが楽である、と主張するとイージスはこう反論する。

「違う違う。ボクはウィルの活躍を見たいの。なにせウィル・ファンクラブ会員ナンバー001番だからね、ボクは」

「いつそんなファンクラブが……」

「その歴史は古いの」

「そうなのか。でも僕の出番はなさそうだ。三賢母のみんなは強い」

「どれくらい強いの？」

「うーん、三人合わされば父さん母さんたちといい勝負するかも」

「神威《カムイ》を使わない三人？」

「そうだよ」

「なんだ、そんなもんか」

「そんなもんかは酷《ひど》いな。神威を使わなくても父さんと母さんは地上最強の存在なのに」

「ちなみにウィルと比べたらどんなもん？」

「僕？」

自分の鼻先を指さし、考察をするが、結論がまとまるよりも先に立ち止まる。三賢母のみんなも止まる。ルナマリアも。ひとり歩みを止めないイージスの肩を僕が摑《つか》む。彼女は「ほへ？」という顔をしていた。

「それ以上は駄目」

「どうしたの？　トイレ？　連れションする？」

緊張感のない少女なので単刀直入に言う。

「イージスが見たかったものが見られそうだ」

「まじで？　ボク、カピバラさんが見たい」

わくわくと可愛《かわい》いポーズを取るイージスだが、後方に下がって貰《もら》う。目の前に現れたのはカピバラさんではなかったからだ。先ほど出会った魔物たちとも比べようがない存在。邪悪な気に満ちたもの、悪魔のような出《い》で立ちをしたもの。目の前にいるのはおそらく、邪神ゾディアック最強の眷属、二四将の悪魔のひとりだった。山羊《やぎ》のような角を持った悪魔は人間の言語で語りかけてくる。

「神々に育てられしもの、それに大地母神の司祭ども、よくぞここまできた」

「大地の試練場にまで悪魔がきているなんて驚きだ」

「いくらでも驚け。もはやおまえたち人間に安住の地はない」

「かもしれないね」

そう言うと僕は一歩前に出て、ダマスカスの剣を抜く。

三賢母も協力を申し出るが、それを制して言う。

「三賢母の皆さんは連戦で疲れているはずです。ここは僕が」

「しかし——」

と続けるが、ルナマリアは、

「三賢母の皆様、ウィル様は悪魔との戦いになれております。一任しましょう」

と口添えしてくれる。

「たしかに我々は悪魔と対峙《たいじ》したことがない」

「神々に育てられしものの実力を見るチャンスか」

「連戦の疲れを取らねば」

そのような論法で彼女たちも一歩下がる。それが合図となり、僕の身体《からだ》は消える。一瞬で山羊頭の悪魔の懐《ふところ》に入ると、心臓に剣を突き立てる。

その姿を見て三賢母は、

「す、すごい、なんてスピード」

「このわたしの目に留まらないなんて……」

「しかも躊躇《ちゅうちょ》なく心臓を刺した。可愛い顔してやるじゃない」

と評した。最後の評価は少しだけ不服だ。僕にも慈悲はある。心臓を刺したのはこの「悪魔」は心臓を刺したくらいでは死なないと知っていたからだ。不用意に心臓をさらけだすオープン・スタンスの構え、この悪魔の弱点は心臓ではないことは明白であった。

事実、山羊頭の悪魔はにやりと口元を歪《ゆが》ませると、刹那の速度で反撃をしてきた。

ぶおん
とものすごい音が耳元をかすめる。今の一撃を喰《く》らえば首から上が吹き飛んでいただろう。その光景を見てミスリアさんは言う。

「あれが悪魔。そして悪魔との戦い方か」

「たしかに不用意に戦っていれば三賢母の誰かは死んでいたかもしれません」

ポウラさんはうなずく。

「それにしてもウィルさんの強さはすごいな。どっちが悪魔だか分からない」

アニエスさんはそのように纏《まと》める。ルナマリアは少し鼻高々だ。あの三賢母が恐れ入る戦い方をするものの従者であることはとても誇らしいことであった。——ただ、ひとつだけ気になることが。それは先ほどから三賢母のひとりの動きが不穏なことであった。

彼女だけはウィルを賞賛するどころか、敵意を向けているような気がするのだ。まるで獲物を捕食しようとしている獣のようにウィルを見つめていた。無論、ルナマリアの気のせいのはずであるが、妙に気に掛かる。ウィルと一緒に旅をしていたせいか、彼に対する悪意に敏感なルナマリアであった。

（……気のせいよね）

聖なる三賢母がウィルに敵意を向ける理由などひとつもない。考えすぎだろう、という結論に達したルナマリアは、ウィルに声援を送る。

悪魔の物理攻撃をかわしながら、斬撃を加える僕。

様々な悪魔と戦闘してきたが、この悪魔は搦《から》め手を使わないタイプのようだ。

かといって身体能力が特別優れているわけでもないようで……。つまり今まで戦ってきた悪魔の中でも最弱に分類される。そう思った僕はやつにトドメを刺そうとするが、その瞬間、脳裏に声が響く。


「──気をつけて」


悪魔の攻撃よりもその声に反応してしまった僕は、思わず斬撃を止めてしまう。

悪魔と戦いながらその声がどこからきたか考察するが、周囲に声の主はいなかった。

しかし、その声にはどこか聞き覚えがある。

そのように考察しているとさらに声が。


「気をつけて。その悪魔にではなく、あなたの後方に控える悪意に」


悪意？　悪意とはなんですか？　心の中でそのように尋ねるが、回答は得られなかった。

代わりに悪魔がものすごい形相で僕の心臓を穿《うが》とうとする。

　このままでは死ぬ。

　意識を戦闘に戻した僕は、必殺の一撃を放つ。ダマスカスの剣に魔力を込め、最速で袈《け》裟《さ》斬《ぎ》りを決める。心臓を破壊してさえ死なない悪魔を殺すには、肉体そのものを抹消するしかない。それくらいの勢いで魔力を込める。この世にあるものすべてを断つ、そのような勢いと魔力を込めて放つ斬撃。山羊頭の悪魔はその攻撃を防げるほど強靭《きょうじん》ではなかった。

「ば、馬鹿な、なんて一撃だ。この俺を雑魚《ざこ》扱いだと⁉」

　それがやつの遺言になったわけだが、弁護してやるのならばやつは決して雑魚ではない。僕が強すぎる、などという増長もしない。山羊頭の悪魔は二四将の中でも弱いだけで、十分強敵だった。一撃でけりを付けられるのは「後先考えずに」魔力を使い切れたからだ。珍しく、僕の後方には仲間がいる。心強い司祭三人とルナマリアまで控えているのだ。ここで全魔力を使ったとしても魔力を回復する時間を得ることが出来る。

　それが今回の勝因であったが、そのことを説明する暇もなく山羊頭の悪魔は消滅する。やつが消滅した瞬間、僕は「しまった」と、つぶやく。ルナマリアは顔を青く染め上げる。

「ウィル様、もしかしてお怪我《けが》をされたのですか？」

　すぐに治療しますとルナマリアは袖をまくり上げるが、僕は笑う。

「いや、そういうわけじゃないよ」

「ならばなにが『しまった』のですか？」

「いや、やつの名前を聞きそびれてしまって」

「まあ」

と口を押さえるルナマリア。

「あまりにも早く倒しすぎて、名前を聞きそびれてしまったのですね」

「そういうこと」

そのようなやりとりをしていると、三賢母の内、ふたりが拍手と共に僕を賞賛してくれる。

「さすがです、ウィルさん。神々に育てられしものの実力、しかと拝見させて貰いました」

「まさに神々に祝福されし子供。その実力、見事としか言いようがない」

ポウラさんとアニエスさんの言葉であるが、気恥ずかしくもある。ルナマリアにさすウィルされるのは慣れたが、年上の女性、それも実力者に褒められるのはなかなかに照れるものがあった。ぽりぽりと頭をかくがその手もすぐに止まる。道の先に神聖な力を感じたからだ。ルナマリアも同様のようで、僕に意識をやる。

「ウィル様、大地の鎧《よろい》のようです」

そのように述べる。

「最深部にあるんじゃなかったのかな。もう少しダンジョンは続いていると思ったのだけど」

地の底まで潜る覚悟を固めていたのだが、ミスリアさんはこのような考察を述べる。

「大地の鎧もあなたに会いたがっているのかも。強力な鎧は意志を持つから」

大地の鎧は大地を貫き、移動する力を持ち合わせているのかもしれない、と纏めるが、今は考察するよりも先に鎧と面会すべきだろう。そう思った僕たちは歩みを進める。すると大地を切り裂く鎧の姿が。大地の結晶によって大地を割った鎧はタケノコのように突き出ていた。なかなかに壮麗なオーラを纏っている。とても強力そうであった。神聖な武具との対面、思わず唾を飲んでしまうが、ルナマリアが、

「この鎧はウィル様のものです。ウィル様に装備されることを望んでいるはず」

そのような言葉をくれたので、平常心を取り戻す。

かつて大勇者が装備していたらしいが、この僕にも装備できるのだろうか。目前に現れてくれたということは出来る可能性が高いのだけど……。どちらにしろ装備するしかない。

そう思った僕は、一歩、歩みを進め、大地の鎧を手に取る。大地の鎧は鎧だというのにとても軽かった。金属で出来ているわけではないようだ。

「……これは藤の枝で作られているのかな」

想像以上に軽いが、想像以上に強力な魔力を感じる。防御力は十分、ありそうだった。イージスが「ウィル、装備してみてよ」と囃《はや》す。たしかに装備できるか早く確認したほうがいいだろう。珍しくイージスの意見を採用しようとしたが、鎧を装備する動作は途中で止まる。

殺気を感じたからだ。

後方からおどろおどろしい情念が降りかかる。消滅させたはずの悪魔の気配を感じた僕は、振り返る。見ればそこには肉片となった悪魔が蠢《うごめ》いていた。脳漿《のうしょう》と目だけとなった悪魔は僕を睨《にら》み付けながら言う。

「見事だ。神々に育てられしものよ。まさか俺を倒し、大地の鎧のもとまでたどり着くとはな」

敵の賞賛には裏がある。そう思った僕は剣の柄《つか》に力を込めるが、想像に反して悪魔の言葉は弱かった。

「我をここまで圧倒したものは、聖魔戦争のときにもいなかった」

「賞賛、有り難《がた》いけど、話はそれだけかな？　今からあなたを滅したい」

剣に力を込めるが、山羊《やぎ》頭だった悪魔は高笑いをあげる。

「なにがおかしいの？」

「いや、貴様にもはや力がないのは知っているからな。魔力は空のはず」

「さすがに見破られていたか。……でも三賢母の人たちは違う。弱ったおまえなど数秒で浄化してくれるはず」

「なるほど、たしかにそうだが、しかし、それは三賢母が協力してくれたらの話であろう」

「なにを言っている――」

そのように尋ね返そうとしたが、その言葉は最後まで発せられることはなかった。

悪魔の予言を成就《じょうじゅ》させるため、行動したものがいたからだ。彼女は蝙蝠《こうもり》のように素早く、梟《ふくろう》のように狡猾《こうかつ》に飛びかかってきた。後背――、最も安全だと思っていた場所からの攻撃、信頼していた人たちの中からの裏切り、僕は致命傷を避けるだけで精一杯だった。

背中に激痛が走る。それと同時に大地の鎧を落とす。それを拾うとそのまま悪魔の方へ駆け寄るのは三賢母のひとりだった。彼女の名はミスリア、三賢母の中で最も聡明《そうめい》な女性であった。彼女は苦痛に歪《ゆが》む僕の顔を見ると愉悦に満ちた表情を漏らす。

いったい、なにが起こっているのか。

激痛のさなか、考察するが、この異常事態を説明してくれたのは山羊頭の悪魔だった。

やつは高笑いをしながら言い放つ。

「ふははは！　やっと洗脳蟲《ナイアーブ・インセクト》が脳の中枢に至ったか。これでこの娘はゾディアック様の忠実な下僕」

「……なるほど、そういうことね」

どうやらミスリアさんはゾディアック教団の連中に洗脳されているようで……。まったく、ゾディアック教団の狡猾さには呆《あき》れるが、嘆いたところでどうにもならない。まずは大地の鎧を取り返したいところであるが、ミスリアさんはその鎧が僕の生命線であることを知っているようだ。距離を取ると魔物を二体、召喚する。二四将ではないが、それでも上級のデーモンが二体、現れる。厄介な相手であるが、二体をアニエスさんが引き受けてくれる。

「あたしがこの悪魔を倒す。ポウラたちは地上に向かってくれ。このことをフローラ様に報告するんだ」

アニエスさんはそう叫ぶが、ポウラさんは首を横に振る。

「あなたを置いて地上へは行けません。仲間を見捨てるなんて」

「見捨てるんじゃない。邪教徒に打ち勝つためだ」

悪魔をひとり斬り伏せると、アニエスさんは頭を抱える。

「……実はさっきからあたしの頭もガンガンするんだ。こんなの子供の頃にお神酒《みき》をくすねて飲んで以来だ」

「は⁉　まさか」

「そういうこと。あたしの頭の中にも洗脳蟲がいるみたいだ」

「そ、そんな」

「いつの間に飲まされたやら。まったく、これだから邪教徒は」

一通り邪教の悪口を漏らすが、それが済むとアニエスさんは冷徹に言い放つ。

「今はまだあたしの意思が残っている。しかし、それも永遠には無理だ。あたしがあたしである間にフローラ様に報告し、態勢を立て直せ。ウィル少年がいる限り、いくらでも勝機はある」

「アニエス……」

「アニエス様……」

「アニエスさん……」

僕たちはそれぞれに漏らすが、アニエスさんの策は正しい。今、すべきなのはこの事態をフローラ様に報告し、援軍を請《こ》うことであった。大地の鎧は敵の手に落ちたが、今ならばまだ、奪還可能だ。なにせここは大地母神の神殿の地下迷宮。邪神ゾディアックの眷属《けんぞく》といえども容易に抜け出せるものではなかった。僕はアニエスさんに感謝し、ポウラさんに決意をうながす。

「彼女の意志を無駄にしてはいけません」

その言葉によってポウラさんは決意すると地上に向かった。僕たちもそれに続くが、背中に傷を負った僕の歩みは遅い。僕はルナマリアに介護される形になり、ポウラさんに先行して貰《もら》うことになる。ポウラさんは微笑《ほほえ》みながら了承し、地上に向かった。

水鏡に映るウィルたちの行動。

それをじっと見つめるのは大地母神の大司祭フローラであった。

フローラは裏切ったミスリアでもなく、足止めをするアニエスでもなく、地上へ急ぐポウラでもなく、ウィルを見つめていた。その瞳は達観、あるいは諦観の色に満ちていたが、フローラの心を測れる人間はいない。この部屋に人がいないということもあるが、フローラの心の底を察することが出来る人間などいないのである。

それが寂しいことなのか、辛《つら》いことなのかは分からないが、フローラは〝とある〟目的を果たすため、身命を賭《と》すつもりであった。そのためには一刻も早く、ウィルに試練を乗り越えさせねばならない。

　なぜならば自分は――。

　胸を軽く押さえていると、部屋の中に気配を感じる。この部屋には人は入れない。強力な結界を張っているため、巫女《みこ》程度の魔力では通過できないようになっているのだ。そのような場所に〝人〟が現れるはずなどない。そう思ったフローラは恭《うやうや》しく頭を下げると、〝神〟に敬意を表した。

「この世界に残りし古き神々の一柱、無貌にして無限の顔を持つもの、万能にして全能の神」

　過剰な形容ではない。目の前にいる牡鹿《おじか》はこの世界にいる数少ない古き神々だった。この世界の創世に関わっている神々、この世界を創り出した造物主のひとりなのだ。大地母神も古き神々の一柱であり、大地母神に仕える司祭としては、礼節を尽くさないわけにはいかなかった。

　ゆえに結界を破って入ってきたことも咎《とが》めることはない。立派な牡鹿に頭を下げていると、無貌の神レウスは言った。

「初めまして、大地母神の大司祭よ」

「お初にお目に掛かります」

「おまえの噂《うわさ》は聞いている。大地母神教団に現れた麒麟児《きりんじ》。数百年にひとりの逸材だと」

「いつの時代も噂は無責任です」

「そうかな。もしも聖魔戦争のとき、おまえが光の陣営にいればもう少し楽に勝てたと思う」

「過分な評価です」

「過分なものか。その溢《あふ》れる聖なるオーラ、もはや神威《カムイ》と見分けが付かない」

「恐れ入りたてまつります」

「しかし、解《げ》せないな」

「――解せない、と申しますと？」

「そのような強大な力があるのに、なぜ、このようなことをする」

「このようなこと？　大地母神にお仕えするのは異なことですか？」

「違う。おまえの信心は疑っていない。だからこそこのような愚挙に出ることが納得いかないのだ」

「……なんのことでしょうか？」

「ときには腹の探り合いも楽しいが、今はそのような暇はない。なにせ息子の安否が掛かっている」

「単刀直入に言おう。なぜ、ウィルの邪魔をする」

「…………」

「邪魔とはこのことですか？」

フローラは水鏡の上に指を突き出すと、短刀で指先を切る。たらりと流れる鮮血、それがウィルの顔に掛かると彼の顔が黒く滲《にじ》む。するとウィルの目の前に、鬼火《ウィル・オー・ウィスプ》と呼ばれている魔物が現れる。青白い炎の化け物がウィルを襲う。本来のウィルであれば一蹴する程度の魔物であるが、今の彼は手負いだった。苦戦を強いられている。

「これは試練です。神々に育てられしものを育てるための」

「はて、そうかな。我には殺意が見て取れるが」

「見解の相違です」

「では後日、裁判でもしようか。それまでは妨害行為の執行を停止してほしい」

「それは無理です。私はとある方々とウィルさんにあらゆる妨害をすると約束してしまったのです」

「なるほど、大地母神の信徒は約束を守ることで有名だ。しかし、今回ばかりは破って貰おう」

「無理です」

「なぜだね」

「それは――」

フローラは懐《ふところ》から秘薬を取り出す。禍々《まがまが》しく、瘴気《しょうき》に満ちた秘薬だ。神々《こうごう》しさなど微塵《みじん》もない。フローラは、これをばらまきウィルを妨害せよ、という命令を受けているのだ。

部屋の隅を見るとそこには蝙蝠が一匹いる。今もあの蝙蝠を通して監視をされていた。秘薬を撒《ま》かねば、あの蝙蝠の主《あるじ》、つまり「ゾディアック教団」の不興を買ってしまう。そう思ったフローラは無言で秘薬をばらまこうとするが、レウスはそれを止める。神気に満ちた風の刃《やいば》を放ってきたのだ。フローラはそれを既《すんで》のところでかわすと問うた。

「話し合いの余地はなさそうですね」

「そうだな。惜しいことだ。お主は光の陣営の柱となってくれると思っていたのに」

「私もそうありたかった。しかし、運命がそれを許さなかったのです」

フローラも神々しい神気をまとうと臨戦態勢になる。

「大地母神と無貌の神は盟友と伝えられていますが、手心は加えませんよ」

「望むところだ。こちらもゾディアック教団に屈した黒き司祭に手加減などせんよ」

ふたりの視線が交差する。

万感の思いが錯綜《さくそう》した視線が交差すると火花が散る。

無貌の神レウスは一瞬で豹《ひょう》に化身するとフローラの喉を食い破ろうとする。

フローラは錫杖《しゃくじょう》に魔力を込めると、一撃でレウスを消し飛ばそうとする。

達人同士の一戦、人外の力を持ちしもの同士の攻撃。室内は強力な魔力で満たされるが、決着は一瞬でついた。

世界最強の力を持つものたちは互いに時間がないことを知っていたのだ。

ゆえに最初から相手の命を絶つ最高の一撃を放ったのだが、その一撃が決まったのは――。

数十秒後、強烈な爆音を聞いた巫女たちはフローラが立ち入り禁止にしている間までやってくる。部屋の中を覗《のぞ》き込んでいいものか、巫女たちは逡巡《しゅんじゅん》するが、誰かが、開けるしかない、と言い放つと一同を代表して、一番年嵩《としかさ》の巫女が扉を開ける。

ゆっくりと開かれる大きな扉。

巫女たちが見たものは血だらけの――。

血だらけの豹であった。

第三章　母と娘

†

ルナマリアとイージスの助力によって、僕は鬼火《ウィル・オー・ウィスプ》を倒すことに成功する。

イージスは鬼火程度に苦戦するとはと嘆いていたが、先ほどの鬼火はそんな生やさしいものではなかった。幻獣や神獣に近い神々しさと力強さを兼ね備えた鬼火であった。

「昔、ヴァンダル父さんが召喚した鬼火よりも強かったかもしれない」

そのような感想を漏らすが、それ以上、鬼火について考察する時間はなかった。さらなる襲撃があったからだ。目の前を覆う黒い膜。先ほどと同じ人物と思われるものがなにかを召喚しているようだ。今度は先ほどの清らかさはなく、邪悪な気配に満ちていた。

焦燥感に駆られる。

なにかよくないことがあったのでは、そのような不安を覚えてしまったのだ。

イージスは、考えすぎ、と主張するが、ルナマリアは僕よりも深刻な顔をしていた。神と対話できる彼女、また明敏な洞察力も持っている。僕よりもより多くのことを感じていることは明白であった。彼女と話し合いたい衝動に駆られたが、まずは黒い膜から飛び出しつつある魔物を討伐すべきだろう。

次元の狭間《はざま》を切り裂くかのように現れた下級のデーモン。

彼らを倒すため、僕たちは全力で戦いに挑んだ。


悪魔を数匹倒すと、僕はうめく。

背中の傷口が開いてしまったのだ。

ルナマリアは慌てて回復魔法を掛けるが、傷口が塞がった瞬間、僕は歩みを再開させる。

「いけません、ウィル様。安静にしてください」

「駄目だよ。一刻も早くポウラさんを追わないと」

その主張は正しかったので、ルナマリアはためらいながらも僕の背中から離れる。三人はそのまま地上に向かうが、地上に出た瞬間、絶望することになる。

地上には無数の影があった。

生気を無くした巫女たちが松明《たいまつ》を持ち、列を成していた。彼女たちの表情に以前の清らかさはない。あるものは虚無、あるものは邪悪な表情をしている。

〝それぞれ〟表情が個性的なのは、彼女たちの〝脳内〟に巣くう洗脳蟲《ナイアーブ・インセクト》の個性だろう。

洗脳蟲は個体差がある上、宿主との相性がある。

意識を完全に奪えるもの、行動は奪えても意思は奪えないもの、あるいは贖《あがな》い続けるもの、巫女《みこ》たちは様々なタイプに分かれたが、皆、等しく僕のことを憎んでいるようだ。

「──ウィルを殺せ。神々に育てられしものを殺せ」

と、呪詛《じゅそ》のようにつぶやいている。その光景を物陰から見守る僕たち。

「……我が教団のものはすでにそのほとんどが洗脳されているようです」

残念そうにつぶやくルナマリア。

「別の出口を使ってよかったね。待ち伏せされていたら厄介だった。ありがとう、ルナマリア」

「いえ、空気の流れを感じたので具申したまでです」

「さすがはルナマリアだね。空気のスペシャリスト、空気嫁だ」

イージスはにたにたと笑いながら言う。きっとくだらない意味が含まれているだろうから無視をする。

ただ、そんな駄盾も稀《まれ》に核心を突くことも言うようで……。

「ねえ、ここまでゾディアック教団に侵食されているってことは、ポウラさんやフローラさんもやばいんじゃね？」

「たしかに。彼女たちも洗脳されていると見たほうがいいかも」

「それは大丈夫です」

ルナマリアは言いきる。「なんでさ」とイージスは尋ね返す。

「ポウラ様は戦闘が不得手ですが、その分、防御能力が凄《すさ》まじいです。彼女を支配することは難しいかと」

「まあ、たしかにさっきは異常はなかったけど。じゃあ、フローラ様は？」

「そちらは論外です。大司祭フローラ様のご意志はアダマンタイト鋼よりも固い。あの方の意思を奪うなど、神々でも不可能かと」

「大地母神でも？」

「大地母神とて万能ではありません」

間接的に己の信じる神の限界を示すと、ルナマリアは言った。

「――おふたりともお静かに」

「なになに？」

「――しっ！　ルナマリアはなにか聞き取っているらしい」

僕はイージスの口にチャックをする。ルナマリアは聞き耳を立てる。

「ウィル様、イージスさん、巫女たちの会話からすると、ポウラ様が捕まったようです」

「なんだって⁉」

「神殿のどこかに幽閉されているようです」

全神経を集中するルナマリア。しばし彼女を見つめるが、それ以上の情報は得られなかった。

「仕方ない。まずはポウラさんを救出しよう」

「それがよろしいかと」

僕たちは巫女たちから隠れるように神殿の食料庫に潜み、情報を収集することにした。

ルナマリアの聴覚、僕の魔法が頼りであるが、イージスは何も出来ず申し訳ないからと手紙を書いている。

「てゆうか、誰宛に書いているの？」

僕は尋ねるが、イージスは「ふふん」と鼻を鳴らす。

「それは秘密。でも使い鴉《がらす》を貸してよ」

用途も教えずに借りる度胸もすごいが、貸す僕も大物かもしれない、とはルナマリアの言葉。僕はルナマリアに説明する。

「まあ、いいさ。イージスにも手紙を送りたい人がいるのだろう」

そのように纏《まと》めていると、上空を飛んでいた使い鴉が舞い降りる。イージスは鴉の頭を撫《な》でると首に手紙を括《くく》り付ける。鴉は大空に飛び立つ。

使い鴉が見えなくなるまで見送ると、僕たちはそのまま調査を進めた。それによって多くの情報を得られたが、それらの情報を纏めると改めて僕たちの不利が浮き彫りになった。


――時間が経過するごとに神殿内は巫女で満ちていく。捜索隊が次々と地上に戻ってきたこともあるが、神殿の外に出ていた自警団も集結しつつあるようだ。それに門前町の男衆の姿も見える。ゾディアック教団の洗脳は思ったよりも広範囲なようで。

ルナマリアに背中の傷の包帯を換えて貰《もら》っていると、イージスがつぶやく。

「ねえ、もしかしてボクたちってピンチ？」

「もしかしなくてもそうだよ。周囲は敵だらけ。唯一の味方のポウラさんが捕縛されて、フローラ様の状態も不明だ」

「さらにウィル様の背中の傷は思ったよりも深いです……」

ルナマリアは悲しみを込めて報告するが、これしきの傷は傷の内に入らないと返す。ローニン父さんのような不敵な笑みを浮かべるが、父さんのように上手《うま》くは決まらなかった。ルナマリアは沈痛な表情を浮かべるが、意を決すると僕に決断を求めた。

「このままここに籠もっていても事態は悪くなるばかり。こちらから打って出ないと」

「そうだね。でも闇雲に飛び出すのは危険だ」

巫女たちは皆、神官戦士としての訓練を受けている。無論、一対一では絶対に負けないだろうが、それでも数で襲いかかってこられたらひとたまりもない。よしんば彼女たちを倒せたとしても後味の悪さしか残らない。彼女たちは自分の意思で僕を憎んでいるわけではないのだ。

「巫女さんたちを傷つけないためには接敵しないことが一番だな」

「それしかありませんね。しかし、幸いなことに我々は『潜入任務』に長《た》けた人材です」

「そなの？」

イージスは「初耳」と尋ね返す。

「私は目が見えない分、聴覚が優れています」

「たしかに」

「巫女の足音や話し声をあまさず聞き取ることが出来る」

「スパイにもってこいだ」

「それにウィル様の洞察力と観察力は語るに及ばず」

「それもあるね。いや、それがすごいのかも」

「というと？」

「いや、長年、剣豪や賢者の類いを見てきたけど、ウィルのすごさはその知恵だと思うんだ」

「たしかに」

ルナマリアはうなずく。

「どのような強敵にも臆さず、窮地に陥っても思考を放棄することなく最善手を取り続けることが出来る稀有《けう》な才能をお持ちです」

「そうそう。そんな人間、齢《よわい》一〇〇〇歳のボクですら見たことがないよ」

「聖なる盾ですらそうなのですから、私もです。もしかしたら未来永劫《えいごう》、ウィル様を超える人材など現れないかもしれません」

「かもね。でも、それを知るためにももう少し長生きしないと」

盾がそのように纏めるとルナマリアもうなずく、
僕たちはそのまま神殿の最奥に向かった。ポウラさんが幽閉されているのだとすれば警備が厳重なところに違いないと思ったのだ。

僕たちの想像は当たった。途中、巫女たちのこんな会話を聞く。

「ポウラ……さ……ま……はいまだに洗脳蟲を飲まれ……ない……」

「我……々の同志になれ……ば……いい……ものを……」

その後、彼女たちはポウラさんの居場所が座敷牢《ざしきろう》であることまで話すことになるのだが、居場所よりも重要なのはポウラさんがまだ洗脳されていないということであった。

「ポウラさんを奪還、その後、フローラ様のことを相談する。いけそうだね」

「はい、三賢者のひとりが味方になってくれれば心強いです」

その通りだったので幽閉場所である座敷牢へと向かう。座敷牢とは普段の生活スペースに檻《おり》をつけたもののことだ。貴人や精神に異状をきたした者などが隔離される居住空間のことを指す。

「大地母神の教団にも、稀に隔離しなければいけないほど心を病むものが現れますから……」

ルナマリアは寂しくつぶやく。そのような施設があること自体、心優しいルナマリアには看過できぬものがあるのだろう。

その優しさに改めて感服したが、今はその是非や人権について語るときではなかった。

ポウラさんを救出する。

そのためにどうやって座敷牢に近づくか、どう上手く潜入するか、それを考えるのが先決だった。

潜入調査を進める。

ルナマリアの聴覚を頼りに接敵を避け奥に進み、どうしても回避できないときは僕が魔法で音を飛ばして巫女さんたちの注意を引いたり、ときには《透明化《ステルス》》の魔法で回避したりする。そのような塩梅《あんばい》で座敷牢の側《そば》まで来るととある事実を思い出す。

「当たり前だけど、座敷牢は施錠《せじょう》されている。鍵を見つけないと」

「魔法で解錠できないの？」

「それは無理だと思う。大地母神教団の座敷牢ならば《魔法対策》はバッチリだと思う」

ルナマリアに軽く視線をやると、彼女はこくりとうなずく。

「まずは鍵を入手しないといけませんが、どこにあるのやら……」

ルナマリアは途方に暮れる。

巫女たちは洗脳蟲で洗脳されていたが、皆、無秩序に僕を探していた。ゆえに比較的簡単にここまでやってこられたのだが、今はそれが仇《あだ》となっている。秩序だって組織化されていない分、誰が鍵を持っているのか、まったく分からないのだ。未成年と思われる巫女も、老女と思われる巫女《みこ》も、皆、ゾンビのように徘徊《はいかい》しており、上意下達の指揮命令系統はなさそうであった。

「こうなってくると誰が鍵を持っているか分からないな……」

「じゃあ、歩いている巫女さんを片っ端からぶん殴ってジャンプさせよう。じゃらじゃら音がすれば持ってるはず」

名付けて昭和の不良作戦、だそうだが、意味が分からないので却下。巫女さんはなるべく傷つけたくない。そう思っているとルナマリアがなにかに気が付く。

「ウィル様、イージスさん、お静かに！」

神妙な面持ちになるルナマリア。僕は即座に歩みを止めるが、イージスは「トイレ?」とのんきに歩き続ける。僕が彼女のツインテイルを引っ張ると、「むぎゅう」っと黙った。

「なにか物音が聞こえます。――座敷牢から」

ルナマリアは、

と言葉を発する。

「……ポウラさんかな?」

「十中八九。――ただ、言葉ではないのです。なにか硬いもので壁を叩《たた》く音が断続的に聞こえます」

「穴を掘っているのかな。脱出の定番だけど……」

「違うと思います。そのような力強い音ではない。リズミカルではありますが、洗練されていない感じ、不規則です」

「石を叩く不規則な音か……」

僕は首をひねる。ポウラさんは知的な女性、意味もなくそのような真似《まね》をするとは思えなかった。おそらく、なにか意味がある行為なのだろうが、皆目、見当が付かない。

頭に霧が立ちこめるが、それを払拭《ふっしょく》できそうな気配もあった。脳裏に保管された記憶の層が刺激されているのだ。知的面の師匠であるヴァンダル父さんの言葉を思い出す。

「ウィル、遠くにいる相手に自分の意思を伝えるにはどのような魔法を用いればいい？」

「《念話》だね。相手の心に直接語りかければいいと思うよ」

「では結界などによって魔法を封じられていたら？」

「うーん、ならば《拡声》かな。大きな声で話し掛ければいいと思う」

「それでは喉が潰されていたら？」

「えー、それはもう無理だよ。相手になにも伝えられないよ」

「そんなことはないぞ。どんなに離れていても、声が出せなくても、魔力がなくたって会話は出来る」

「どうやって？」

「それはモールス信号じゃな」

「モールス信号？」

「そうじゃ」

「へえ、初めて聞いた。父さんから貰った魔法辞典には載っていなかったよ」

「そうじゃろう。これは魔法ではない」

「魔法じゃないんだ」

「そう。この技は技術じゃな。昔、異世界からやってきた〝えんじにあ〟なる職業のものが広めた」

「へえ」

「この方法を使えば魔法も使わずに相手と意思疎通が出来る。山に出入りするレンジャーや神職のものが稀《まれ》に使う」

「ふむふむ」

「我らはつい便利だから魔法に頼ってしまうが、いつなんどき魔法が封じられるか分かっものではない」

「そうだね。あらゆる対策はしておくべきだね」

「そう。転ばぬ先の杖《つえ》。というわけで今日の授業はモールス信号じゃ」

「わーい」

無邪気に手を挙げ、喜ぶ僕。見知らぬ知識を吸収するのはなによりも楽しいのだ。


ヴァンダルとのやりとりが明瞭になる。

「……モールス信号」

そのようにつぶやくとルナマリアがはっとした表情をする。

「たしかポウラ様のお父上は森の隠者でした。それにポウラ様は他の神殿との連絡役を務めていました」

「ということはモールス信号が使えるんだね」

「はい」

僕はルナマリアの顔をじっと見つめると、彼女にお願いをする。

「ルナマリア、今、ポウラさんが送っている信号を僕に口頭で伝えて」

ルナマリアはうなずくと、「ツゥ――、トントン」と信号を音読し始める。

僕は耳を凝らし、ヴァンダル父さんの授業を思い出す。

「いいか、ウィル、モールス信号は単純だ。その神髄は可変長符号化された文字コード、それがモールス信号だ」

父さんはさも簡単に言うが、モールス信号を覚えるのは一苦労だった。魔法言語よりも難解なところがある。しかし丸暗記できる言語でもあるので楽と言えば楽だが。そのように纏《まと》めると、ルナマリアの美しいトンツー発音を聞きながら、それをリアルタイムに翻訳する。

「か、ぎ――は、な――な――だんめ――のし――た?」

「鍵は七段目の下！」

途切れ途切れの言葉を明瞭な言語に直すとルナマリアの表情が輝く。

「分かりました！　ウィル様！」

ルナマリアは言葉にするよりも早く、歩み始めると、座敷牢に続く階段の「七段目」を調べ始めた。石畳の階段、そのうちのひとつがぱかりと開く。

「先ほどここに足を付けたとき、妙な音がしたのです。空洞になっていたのですね」

「さすがはルナ坊！」

イージスはルナマリアを抱きしめ賞賛する。照れるルナマリアだが、空洞の中から素早く鍵を取り出すと、そのまま座敷牢に向かった。道中、巫女さんと遭遇してしまうが、強行突破する。ここまでは色々な手を使って回避してきたが、もはや小細工が通用する段階ではなかった。巫女さんの密度はとても高いのだ。僕とルナマリアが聖なる力や手刀で巫女さんたちを気絶させると、イージスが座敷牢の鍵を開ける。

「ぴったんこかんかん！」

叫ぶイージスに指示をする。

「中にいるポウラさんを助けてきて」

「合点承知の助！」

イージスは勇んで牢に入るが、軟禁されているポウラさんを連れてくるのにどれくらい時間が掛かるだろうか。軽く焦《あせ》る。なぜならば周囲にいる巫女さんの数が多かったからだ。傷つけぬように倒すのは想像以上に難しい、戦線を維持できるのはもって数分というところか。焦りが行動と言葉に出たのだろう。ルナマリアに見透かされる。

「ウィル様、ご安心を。座敷牢は単純な造りです。即座に救出できるかと」

「それは助かる。――でも、妙に遅くない？　室内で漫才でもしているのかな」

「まさか。イージスさんもそこまで馬鹿ではありません。すぐに出てきますよ」

「そうだといいけど」

七人目の巫女さんに手刀を決めた瞬間、イージスは出てくる。

にゅい、と扉の陰から顔を出す。

よし！　これで離れられる！

そう思った僕だが、その考えは浅はかだった。

イージスの顔は真っ青に染まっていた。

両手を頭の後ろで組み、申し訳なさそうに、

「ご、ごめん、ウィル」

と涙目になっていた。

なにがあったんだ⁉　僕は確認するが、イージスに遅れてポウラさんが出てくるとすべてを悟った。彼女は右手に小剣を持っていた。それをイージスの背中に突き付け、勝ち誇った顔をしている。すべてを悟った僕は、今の状況をルナマリアに説明する。

「………どうやらポウラさんはとっくに洗脳されていたみたいだ」

「な⁉　本当ですか？　ウィル様⁉」

その言葉ににたりと呼応するポウラさん。

「ふふふ、相変わらず人を見る目のない娘ね、ルナマリア。お人好《ひとよ》し過ぎるわよ」

「お人好しならばポウラ様も負けていないはず。多く貰《もら》ってしまった釣り銭を返すため、二〇キロ離れたパン屋まで夜通し歩いたこともある方ではないですか」

「そうね、うふふ」

「あなたのような正直で清廉な司祭が演技できるとは思えません。幽閉されたあとに洗脳されたんですよね？」

「違うわ。わたしたち三賢母は同時に洗脳蟲を飲まされた」

「な……」

言葉を失うルナマリア。

「元々、適性があったのでしょうね。清々《すがすが》しい感じだわ。お人好しで人柄がいいだけの三賢母、裏で皆がそう陰口をたたいていたのは知っているけど、今はそんなことどうでもいいの。わたしはもっともゾディアック様に近しい存在、アニエスとミスリアよりもね。――ああ、なんて誇らしいのでしょう」

恍惚《こうこつ》の表情を浮かべるポウラさん。なんでもこの一連の策略は彼女自身が立案し、ミスリアさんと共に実行したらしい。

「なぜ、このようなことを――」

「それはゾディアック様のためよ。わたしはゾディアック様の忠実なしもべだもの」

「あなたのように信心深い方が……」

「信心深いからかもね。純粋な白は黒にも染まりやすいの。そういう意味ではルナマリア、あなたは洗脳しがいがあるわ」

ポウラさんはにたりと笑うと、巫女《みこ》から洗脳蟲が入った籠を受け取る。

「そのような邪悪な蟲《むし》には屈しない！」

「強がっても無駄よ。巫女は蟲とか触手に弱いものだから」

「っく……」

唇を噛《か》みしめるルナマリアだが、これ以上、好き勝手にはさせない。敵と分かった以上、遠慮などする必要はない。

僕は最後に、

「フローラ様も洗脳されているのですか？」

と尋ねた。

ポウラさんは邪悪な笑みを浮かべ答える。

「わたしたちの目の前で蟲を飲まされたわ」

「なるほど」

それが分かれば十分だ。もはやこの神殿に味方はいない。ここに留《とど》まる必要はない。そう思った僕は右手に聖なる魔力を込め、光の矢を放つ。

「な、馬鹿な。あなた、人質が見えないの？」

「人質？　その子は盾だよ」

「く、神々に育てられしものは情がないの!?」

吐き捨てるように言うとイージスを蹴飛ばし、後方に下がるポウラさん。

あなたもなかなか鬼畜ではないか、と思うが、言葉にはしない。彼女は報いを受けるからだ。

まっすぐに飛ぶ光の矢、それは先ほどまでポウラさんがいた場所に向かうが、当然、そこにはイージスがいる。このまままっすぐ飛べばイージスに突き刺さるだろう。

事実、矢はイージスに吸い込まれる。しかし当の本人であるイージスは平然としていた。

「まったくもう。ウィルはボクを人間の女の子として扱ってくれないよね。……まあ、そういうクールなところも好きなんだけどね」

などと嘆く暇まである。

その余裕は脳天気から生まれているわけでない。互いの信頼関係から生まれているのだ。

僕は彼女が最強の聖なる盾であることを知っていた。

彼女は僕が一流の魔術師であることを知っていた。

それがこのトリックの仕掛けなのだが、ポウラさんはその瞬間まで想像することさえ出来なかったようだ。

光の矢はまっすぐにイージスに突き刺さるが、その瞬間、光が弾《はじ》ける。

それと同時に「カキン」と音を鳴らし、光の矢は跳ね返される。

その光景を見てポウラさんは「なっ……」と絶句する。

そう、彼女はイージスが元盾であることを知らなかったのだ。

聖なる盾であったイージスに聖なる属性の魔法の矢は無効であった。自称史上最〝鋼〟である彼女にとって聖属性の光の矢を受けても痛痒《つうよう》を感じない。それどころか〝反射〟する芸当さえ可能なのだ。

「人間の姿になっても聖なる属性ならば反射できると思ってたよ」

「パートナーの絆《きずな》の勝利だね！　ぶいっ！」

イージスによって跳ね返された矢はポウラさんに向かうと彼女に「衝撃」を与える。

刺突属性ではなく、衝撃属性を付与したのは、気絶をさせるためであった。ポウラさんは洗脳蟲によって悪意を露出させてしまったが、その根っこは善人だと思ったからだ。

僅かな時間しか一緒にいなかったが、食事の席で見せた笑顔が本来の彼女のような気が

したのだ。ほがらかに微笑《ほほえ》み、大量のマッシュポテトを食べるポウラさんの姿が脳裏から離れない。その判断にルナマリアは感謝の念を述べてくれる。

「ありがとうございます、ウィル様」

「礼には及ばないよ。ポウラさんは僕にとっても友人だから」

ルナマリアは心底嬉《うれ》しそうに微笑み返してくれるが、道理を弁《わきま》えた娘でもあった。即座に倒れているイージスに手を差し伸べている。

僕は血路を開くために、集まってきた巫女さんたちを倒す。大量の魔力を使い《睡魔の雲》を発生させ、一気に巫女さんたちから戦闘能力を奪う。前方に道が出来た僕たちはそこに飛び込むが、途中、悪寒《おかん》を覚えた僕はルナマリアとイージスを突き飛ばす。

「ぎゃあー、なにをするのさ！　悪戯《いたずら》なら平常時にしてよ」

尻餅をついたイージスは僕に抗議するが、ルナマリアの表情は真剣だった。僕が悪戯などするわけがないと信じ切ってくれているのだろう。その信頼に応えるため、僕は右手を構える。

手のひらから間断なく《火球》を放つ。

火球の魔法を連射できるのは魔術師の中でもごく一部、と言われているが、僕は一〇歳の頃には連続で解き放っていた。ヴァンダル父さんもびっくりしていた僕の連弾は、壁を突き破って現れた一匹の悪魔に襲いかかる。

青い甲冑《かっちゅう》を身に着けた悪魔は炎に包まれるが、すぐに鎮火される。

絶対零度の魔力を放出させ、氷によって鎮火したのだ。

地獄の炎にも等しい本気の炎魔法をいとも簡単に消火するということは、この悪魔は相当に手練《てだ》れだろう。その物々しい姿から僕はこいつが二四将のひとりであると察した。

その推測は正しかったらしい。

蒼《あお》い悪魔は冷静沈着めいた口調で、

「我が名はソウエイ」

と名乗った。

「ソウエイか……」

強そうだな、と漏らすと反対側の壁が崩れ去る。

イージスは「ひい」と怯《おび》える。そこから出てきたのは灼《あか》い甲冑を装着した悪魔だった。

「ふははは－！　ソウエイ、抜け駆けとは汚《きたね》えじゃねえか」

「グホウか……」

「そうだ。俺様の名はグホウ。二四将最強の炎使い」

「そしてソウエイが氷使いってところか」

「そういうこと。見た目まんまだな」

ぐははは、と笑うグホウ。氷使いはクール、炎使いはうざい、キャラクターも分かりやすくて助かる。

「しかし、ここにきて二四将が二体同時か。ゾディアック教団の幹部はよっぽど僕が目障《めざわ》りなんだね」

「そういうことだ。ウィル、おめーはちっとばかりやり過ぎだ。いったい、ひとりで何体の二四将を倒す気だ」

二四すべて、と言いたいところだが、そうもいかないだろう。

「神々に育てられしものよ、おぬしは教団の最重要敵対者として認知されている。もはや各国の首脳よりも厄介な位置にいる」

「過大評価だとは思うけど、そうはありたいな」

「そんなものを殺したとあれば、我々は二四将でも筆頭の立場になれる。ゆえに始末にやってきた」

「なるほど、功名心か。ならば理解できるよ。大地母神の教団を乗っ取ったのもそのため？」

「それは幹部たちの仕業だな」

「そういうこと」

「ちなみにおまえたちの指揮系統が分からない。司祭の支配下にいた二四将もいれば、勝手に動き回っているのもいるの？」

「俺たち二四将も色々あってね。聖魔戦争のときに次元の彼方《かなた》に封印されたんだ」

「今、ここにいるのは仮の依《よ》り代。本体は次元の狭間《はざま》にいる」

「司祭によって次元の狭間から召喚されれば司祭の支配下に。自力でやってくれば自由自在に意思を持つ」

「なるほど。おまえたちは後者か」

「それは違うな」

「なんだって？　支配者がいるのか？　それはこの近くにいるのか？」

「教えられないねえ」

「まあいいさ。どうせ醜怪な顔をしたやつだろう」

「まさか。活《い》きのいい美人だよ」

グホウは茶化すように言うが、ソウエイはそれ以上しゃべらないように制す。

「我々はとある聖職者に召喚されたが、自由意志によってここに立っている。ゾディアック教団の小賢《こざか》しい幹部どもがなにをしようとも関知しない。ただただ、武勲を立てるのみ」

ソウエイはそう言い放つと、氷の槍《やり》を出現させ、それを投擲《とうてき》する。その速度、鋭さ、すべてが特筆に値した。本来ならば避《よ》けるべき攻撃であったが、魔力の盾を作り、いなす。後方の巫女《みこ》たちに当たるのを避けるためだった。

「優しいねえ、神々に育てられしものは」

「そこに付けいるか？」

「俺たちは武人だ。そんな卑怯《ひきょう》な真似《まね》はしねえ」

「ならば逃がしてやるか」

「まさか。そこまでお人好《ひとよ》しでもねえよ」

そう言うとグホウも火球の連射を放ってくる。僕以上の数、威力でだ。さすがは炎使いである。なんとか魔力の盾で受け止めるが、それも数度であった。魔力の盾が消滅すると同時に、僕は窮地に立つが、打開策も心得ていた。

「ルナマリア、神々の秘奥義《ひおうぎ》を使うよ」

その言葉に反応をしたのはイージスだった。

「神々の秘奥義？　そんなの初耳だけど」

一方、ルナマリアは心得てくれているようで、

「アレを使うのですね」

と即座に僕の意図を察してくれた。

「熟年カップルかよ、ペアルック夫妻かよ！」

僕たちのあうんの呼吸に突っ込みを入れるイージスであるが、長年ともに旅をしてきたふたりの絆はそれくらいに強かった。黙って連携を始める。

ちなみに秘奥義の名は「三十六計逃げるにしかず」という。

由来は異世界の斉《せい》という国の兵法書の言葉である。一言でいえば逃げるが勝ちということだ。

不利だと自覚したときは逃げるに限る。相手の有利な状況で戦うのは下策中の下策だった。

蒼と灼の悪魔を相手にしながら、無数の巫女さんと対峙《たいじ》するのは愚か者のすることであった。

ポウラさんが洗脳されている以上、ここはいったん引いて態勢を立て直すのが上策。

そう思った僕は撤退を始めるが、その刹那、強大な力を感じた。

危ない、と思った瞬間、聖なる力が僕の真横を通り過ぎる。

巨大な聖なる手が通り抜ける。

神の手が僕の横を通り抜けたのだが、命中しなかったのは僕の反射神経が良かったからではない。単純に神の手の使い手が僕に当てる気がなかったからだ。

彼女は僕の横にいたイージス目掛け、神の手を解き放つと、彼女を鷲掴《わしづか》みにした。神の手に束縛され、苦痛のうめきを上げるイージス。しかし使い手にイージスを捕殺する意志はないようだ。僕は使い手を見つめる。そのものは想像通りの人物だった。

「……そりゃそうか。このような強力な神聖魔法の使い手がふたりいたら堪《たま》らない」

神の手の使い手は案の定、フローラ様だった。彼女の後ろには三賢母のふたり、ミスリアさんとアニエスさんが控えていた。アニエスさんはどうやら完オチしたようで、邪悪な気配を湛《たた》えていた。ミスリアさんは恭《うやうや》しく大地の鎧《よろい》を掲げている。彼女はこのように口を開く。

「大地の鎧、聖なる盾、ゾディアック様復活の障害となる聖具をふたつ押さえました。光の陣営の弱体化は免《まぬが》れません」

「……ご苦労様、アニエス、ミスリア、ポウラ」

「あとは神々に育てられしものを始末すれば重畳」

「……そうね。この少年がいなくなれば、邪神復活は定まったも同然」

「今、ここで討ち果たすべきです」

そう言うと邪悪なオーラを纏《まと》わせ、小剣を抜き放つ三賢母のふたりであるが、フローラ様はそれを制する。

「いえ、もう十分です」

「どういうことですか⁉」

珍しくいきり立つミスリアさん。

「聖なる装備はすべて我々の手中です。神々に育てられしものの性格ならば必ず奪取を図るはず。そして必ずあなたたちを救おうとするはず」

「つまりここで逃してもまたやってくる、と？」

「そうです。ポウラは戦闘不能、アニエスも邪神に屈して間もないので力を十全に発揮できない。ここで態勢を立て直したいのはこちらのほうです」

「……たしかに。分かりました。ここはやつらを逃がしましょう」

そう言うとミスリアさんは道を空けた。僕たちはその横をすかさず通り抜ける。

途中、フローラ様、いや、フローラと視線が交錯したが、彼女の眼力は尋常ではなかった。

歴戦のもののふ、悟りを開いた聖者を彷彿《ほうふつ》とさせる。

ここで戦っても彼女たちが勝つ公算が高いような気がした。

圧倒的武威と畏怖を感じさせる瞳であったが、それと同時に「悲しみ」の成分を感じるのは気のせいだろうか。一瞬、意識を集中させてしまうが、止まることなく、彼女たちの横を駆け抜けると、僕たちはそのまま地下に潜った。

こうして僕たちは地下に潜伏することになる。


ウィルとルナマリアがいなくなった空間をぼんやりと眺めるフローラ。

しばし見とれるフローラだが、ポウラが気が付くと、彼女に意識を集中させる。

「ポウラ、おはよう」

「……フローラ様？」

「どう？　邪神に洗脳された気持ちは」

「……清々《すがすが》しい上に高揚感を感じます。力が何倍にもなったような」

「事実、あなたの力は何倍にもなっているわ」

ミスリアが補足する。

「それは有り難《がた》いわ。どんどん力強くなっている。今ならあの少年を倒せそう」

それはさすがに自信過剰すぎるのだが、フローラは指摘せずに言った。

「ところでミスリア、空けた道は試練場に続くものですね？」

「もちろんです。あそこならば袋のネズミですから」

「よろしい。この神殿にいる巫女をすべて集めなさい。封鎖をするのです。それと神殿を囲んでいるゾディアック教団兵に連絡を」

「ゾディアック教団の手を借りるのですか？　我ら大地母神のものだけで十分では？」

「我々は新参者。功績を立てすぎれば幹部に恨まれましょう」

「なるほど、あえてゾディアック教団に功績を分け与えるのですね」

「そういうことです」

「さすがはフローラ様、その深慮遠謀、感服いたします」

　平伏するミスリア。フローラは気にすることなく、準備を始める。

　地下の試練場に潜るのだから、それなりの準備が必要だと思ったのだ。大地の試練場は大司祭フローラですら入ったことがない魔境、どのような仕掛けがあるか分かったものではなかった。今のフローラは油断することが絶対に許されない立場であった。

　入念にことを進めなければ「計画」が台無しになってしまうのである。

　フローラの悲願を達成するには、薄氷の上に石積みの塔を建てるような繊細さが必要なのである。

†

　地下の試練場に潜った僕たち。

いや、追い詰められた、か。僕たちを誘導するかのようにミスリアさんが道を空けたのは分かっていた。敵の誘いだと承知しつつも僕たちは試練場に逃げたのだ。

そのことについて後悔はなかったが、ルナマリアに謝る。彼女は「お気になさらず」と言うが、明らかに落ち込んでいた。イージスが捕らわれてしまったことを気に掛けているが、それ以上にフローラ様が敵と定まってしまったことが悲しいようだ。

「……もしかしたらそうかも、と思っていましたが、まさか本当に洗脳されているなんて」

フローラ様だけは違う。彼女の精神を汚《けが》せるものなどこの世界にはいない。そのように信じていたルナマリアにとっては、この事実は悲しむべきことのようだ。

その気持ちは痛いほど分かる。僕はルナマリアを慰めるため、彼女を抱きしめる。

「ウィ……ウィル様？」

困惑し、顔を赤く染め上げるルナマリア。

「いきなりごめん。でも、こうするのがいいかなって思って」

「……ウィル様」

僕の優しい抱擁にイヤらしさを感じなかったのだろう。ルナマリアは受け入れてくれる。

「……ミリア母さんは言っていた。女の子が悲しげにたたずんでいたらこうするんだぞ、って」

「あのミリア様が？」

「もちろん、私以外の女の子にするんじゃないわよって言ってたけど」

「まあ、お母様の言いつけを破るんですね」

「今は母さんも見ていないよ」

「ふふふ」

「はは」

大地の試練場には強力な結界が張られている。遠方から覗《のぞ》き込むのは困難であった。

ふたりは冗談めかして笑い合うと、しばし互いのぬくもりを感じ合った。

（……なんて優しい抱擁。ゆりかごの中にいるみたい）

ルナマリアはそのように思い、僕は、

（なんて柔らかくていい匂いなのだろう。花畑にいるみたいだ）

と思った。

互いに口にはしないが、この瞬間が永遠に続けば、と思った。しかし、そのような贅沢《ぜいたく》は許されない。僕は名残惜しげにルナマリアとの抱擁を解く。思考をルナマリアからイージスに変える。この事態を好転させるにはどうすればいいか、策を巡らせる。

フローラと三賢母たちに捕らわれたイージスを一刻も早く救出したかった。それに彼女たちに掛かった呪縛を一刻も早く解いてあげたかった。彼女たちも好きで洗脳されたわけではないはずだからだ。大地母神の純真な乙女たちはゾディアック教団の姦計《かんけい》に陥ってしまったに過ぎないのだ。幸いなことに呪いの解き方は判明している。

遺跡で出会ったゾディアック教徒たちを思い出す。彼らはルナマリアの回復魔法を頭部に受けると我を取り戻していた。頭の中に潜んでいる洗脳蟲たちが鼻や耳から這《は》い出てきたのだ。つまり彼女たちの頭に聖属性の魔法をぶっ放せば洗脳を解除できるということだ。

「まあ、言うは易《やす》し、行うは難《がた》しだけどさ」

先ほどの戦闘でも巫女《みこ》たちに聖なる魔法を掛ける機会はいくらでもあった。しかし、それを実行しなかったのには理由があるのだ。ゾディアック教団に洗脳されている巫女がほとんどの中、彼女たちの洗脳を解いても無意味だからだ。洗脳されている狂信者の中、数人だけ意識を取り戻させても不幸に繋《つな》がるだけ。邪教徒が多数の中で覚醒させてもまた洗脳蟲を飲まされるのが関の山であった。

「……となれば一気に聖なる力を当てるべきだけど」

巫女たち全員同時に、少なくとも過半数以上に聖なる力を与えなければいけない。自身の手を見るが、僕にそのような力はない。僕の本分は剣士であり、魔術師だからだ。聖なる力は劣る。ならば本職の巫女様なら、とルナマリアを見るが、彼女も首を横に振る。

「残念ながら私にもそのような力はありません」

「だよね。アイデアはいいと思ったのだけど」

「たしかに」

ルナマリアは考え込む。しばし思考するが、考え込む彼女の横顔は素敵だった。見とれていると彼女はつぶやく。

「ウィル様のアイデアは捨てる必要はないかもしれません」

「というと？」

「巫女たちに聖なる力を一斉に当てる。むしろそれしか事態の打開を図る方法はありません」

「それをするのは困難なんだけど」

「困難ですが、不可能ではない。私に考えがあります」

「拝聴しようか」

僕はうなずくとルナマリアの策を聞いた。彼女の策は単純だった。

「大地母神の神殿、大聖堂には巨大な女神像があります。女神像は霊験《れいげん》あらたかにして神聖な存在なのです」

「信仰の象徴だね」

「はい。しかし、昔から鎮座しているだけではありません。ただの飾りではないのです。あの大聖堂に行けば巫女たちは疲れた身体《からだ》を癒やせるんです。それに信徒たちも豊かな気持ちに包まれます」

「つまり大聖堂の女神像はパワースポットなんだね」

「そういうことです。あそこで回復魔法を放てば容易に全体効果を付与できるかと」

「つまりあの大聖堂まで強行突破して、そこで回復魔法を使うんだね」

「はい」

「それならばなんとかなりそうだ」

うなずき合うが両者すぐには動かない。まだ懸念《けねん》があるからだ。

「巫女さんたちは強行突破できるかもしれない。しかし、地上にはソウエイとグホウがいる」

「蒼《あお》い悪魔と灼《あか》い悪魔――」

「そう。おそらく、いままで出会った悪魔の中で最強の存在、容易には勝てないだろうね」

「たしかに見事な連携をしてきそうですね」

しかし、僕はその問題をあっさり解決する。

「そうだな。あの悪魔ふたりの狙いは僕だ。僕があいつらを引き付けるから、ルナマリアが大聖堂まで向かってくれ」

「それは駄目です。危険すぎます」

「そんなの承知済みだよ。でもそれしか方法はないんだ」

「……ウィル様」

ルナマリアは間を置くが、彼女の中の答えは決まっていた。彼女は世界で一番、僕を信頼してくれているのだ。

「……分かりました。ご武運をお祈りします」

ルナマリアは信頼に満ちた瞳で僕を見つめてくれた。

†

そのように作戦が決まるが、作戦は容易に実行できない。

時間を追うごとに試練場は巫女で満たされる。ゾディアック教団兵の姿も見える。僕たちは時折、彼ら彼女らと戦闘を繰り広げながら地上へ向かうが、途中、音を上げそうになる。ルナマリアを守るために、巫女さんの攻撃を喰らってしまったのだ。聖なるメイスによる一撃はとても痛かった。そのまま昏倒《こんとう》してしまいそうになるが、返す刀で巫女さんを気絶させると、ルナマリアに言い放った。

「このままふたりで行動してもじり貧だ。僕が巫女さんと二四将二体を引き付けるから、ルナマリアは聖堂に向かって」

「しかし、予定よりも早すぎます。神殿部分に到着してから別行動をするはずでしたのに」

「予定は未定、男の明日については尋ねてはいけない決まりなんだ」

ローニン父さんがよく使う言葉を引用すると僕は強引にルナマリアの背を押した。

そのまま大声を張り上げながらルナマリアから離れる。

「我こそは神々に育てられしものウィル！　我の命がほしいものは寄って近くにいでよ。我の魂がほしいものはこの心臓をわしづかみにせよ！」

これはヴァンダル父さんから貰《もら》った書物から引用。我ながら格好いいと思うが、想像以上に効果てきめんで、遠くから邪悪な魔法や矢が飛んでくる。

ルナマリアは後ろ髪を引かれる思いでその場所から立ち去ると、大聖堂に向かった。

ルナマリアの美しい銀髪を見つめる。

今生の別れではないのだから、と自分を納得させると、巫女たちと教団兵との戦闘を繰り広げる。

巫女たちはいわずもがな、教団兵もとても強かった。数も多いが、実力も相応なのだ。

僕は隠れたり、逃げたり、引いたり、押したり、様々な戦術を駆使して彼らに抵抗しながら、上層部へ駆け上がっていく。

五分おきに激しい戦闘を繰り返し、魔力と体力を消費していくが、鉄の意志を持って上に進む。しかし、その勇壮な歩みも三時間後に止まった。

魔力と体力が尽きたのだ。

神々にスパルタ教育を受けた僕は大容量の魔力と体力を持っていたが、無限ではなかった。尽きるときがあるのだ。

――まったく、これだから人間の身体は。

父さんたちが呆《あき》れる姿が想像できたが、もう彼らの顔を生で見られないと思うと寂しかった。

死を想起し、身近に感じた僕だが、死の気配を吹き飛ばす存在が現れる。

それは――、

それは僕の友人だった。

遠くから聞こえるは勇壮な雄叫《おたけ》び、それに華々しい名乗り上げ。

「やあやあ！　我こそは西国《さいごく》一の勇者レヴィンなり。アレンハイマー家の最終兵器にして、英雄イザーク・フォン・アレンハイマーが娘‼」

娘という部分に一切の淀《よど》みがない。彼女はすでに女であることを受け入れ、女の勇者として務めを果たしていた。その懐《なつ》かしくも美しい声に僕は反応する。

「レヴィン！」

「ウィル少年！」

がしりと抱擁したいところだが、戦闘状態でそのようなことは出来ない。

レヴィンは巫女さんを蹴り飛ばすと気絶させる。

次いでレヴィンの仲間である女僧侶がその頭に聖なる力を付与する。

「ぜえぇ、ぜえぇ、なにこの負担……」

と嘆いていた。どうやらここに到着する前に何度も洗脳蟲を吐き出させてきたらしい。

「我がパーティーで聖なる力を使えるのは君だけ。仕方ないさ」

「涼しい顔がむかつくけど、まあ、しょーがないわ。超過手当ちょーだいよ」

「先日の遺跡探索のときに得た財宝の取り分に、色を付けておく」

なかなかに生々しいやりとりなので、口を挟むのが難しいが、今は緊急事態、遠慮なく話の腰を折る。

「援軍、とても有り難《がた》いけど、どうしてここに？　タイミングが良すぎるんだけど」

「それは少年の盾に礼を言うんだな」

「盾……？　あ……」

そういえば、イージスに使い鴉《がらす》を貸したことを思い出す。

「そういうこと。拙い文字だったが、気持ちが籠もっていた。ウィルの窮地を救おうと必死だったぞ」

「……イージス」

「その気持ちにほだされて、仲間とともに超特急でやってきた。なんとか間に合って良かったよ」

レヴィンはそのように言い放つと、ゾディアック教団兵を斬り捨てる。

「それにしてもなんて数だ。これがゾディアック教団の本気なのだろう」

「そういうこと。ただ、僕の作戦が上手《うま》くいけば巫女さんのほうはなんとか出来る」

「それは助かる。うちの女僧侶も限界だ」

女戦士、女魔術師が倒した巫女さんを女僧侶は必死に回復させている。酸素欠乏症になってしまうのでは、というくらい疲れて青ざめている。

「そうだね。個別では限界がある。ここは一気に片を付けないと」

「どんな作戦なんだ？」

「作戦は単純なんだ。ルナマリアが大聖堂に到着すれば成功。到着できなければ失敗」

「ふむ」

「僕は彼女の実力を信じてるけど、やはり援軍を送ってあげたい」

「ならばあたしの仲間たちを」

そう言うとレヴィンは、「疲労困憊《ひろうこんぱい》のところ、すまない」とねぎらった上で彼女たちに大聖堂に向かうように頼んだ。女戦士、女魔術師、女僧侶は不平を言うことなく、地上へ向かった。

「信頼されているみたいだね」

「ああ、これもウィルのおかげだ」

「僕はなにもしていないよ」

「ウィルによってあたしは素直になれたんだ。仲間を信じる心も得られた。感謝している。今はその恩を返そうと思っている」

「ならばもう帳消しだ。援軍有り難かった」

「そうだな。でも、礼はすべてが上手くいってからにしてくれ」

「分かった。──でも、正直、レヴィンもルナマリアのほうに向かってほしいのだけど」

「そんなにルナマリアが大事かい？」

「それもあるけど……」

もごもご、と言い淀む。正直、これからの闘いにレヴィンは足手まといであった。無論、巫女《みこ》さんや教団兵相手ならばこれほど心強いものはいないが、これから相手をするだろう二匹の悪魔の前では通用するかどうか……。人外のものたちの戦いはそれほど凄《すさ》まじいのだ。彼女のフォローをしながら戦えば負けるかもしれない、と思っていたが、口に出しては言いづらい。しばし口ごもっていると、レヴィンは察してくれたようだ。

彼女は回れ右をし、きびすを返す──。ことはなく、高笑いをあげた。

「なるほど、戦力外通告だったか。でも、その心配には及ばないよ。あたしは最後に会ったときよりもパワーアップしている」

「パワーアップ？」

「そう」

彼女は凜《りん》とした声で返答すると、腰から剣を抜いた。

「ウィル少年は女の変化に疎《うと》いな。まあ、もっと女の機微に敏感になったら、とんでもない女たらしとして歴史に名を残してしまうかもしれないが……」

そのようにうそぶくと、腰から剣を抜き放つ。

「それは……？」

今のレヴィンとは前のレヴィンとは違った。抜き放った、刀身を見せられると如実《にょじつ》にそのことを知覚できた。

「なんて神々《こうごう》しいオーラなんだ。それに膨大な魔術の波濤《はとう》も感じる。……ただの剣じゃない。あ、もしかして！」

「ご名答。そうだよ、これは聖剣だ」

「うん、その柄《つか》の意匠、見たことがある。それ、聖剣デュランダルだね」

「うむ。応援に来る前に急いで聖剣の森まで向かって抜いてきた」

「すごい。よく抜けたね」

僕は初めて聖剣と出会ったときのことを思い出す。

この剣は勇者専用の装備なのだが、当時のレヴィンは抜くことが出来なかった。聖剣いわく、「まだ」資格がないとのことだったが、彼女はこの短い間に資格を得たということだろうか。

「今のあたしならば抜けるんじゃないかと思ったが、案の定、大丈夫だった。今、聖剣が語りかけてくれたが、とげとげしい気持ちがなくなり、仲間を思う気持ちに満ちあふれている今のあたしならば喜んで力を貸してくれるらしいぞ」

「それは心強い。ならば尚更《なおさら》、ルナマリアのほうに向かってほしいな」

「それは駄目だ。なぜならば聖剣はこう言っている。すぐそこにとても禍々《まがまが》しい気配を感じると。最強の悪魔が二体、迫っていると」

「二体か……。そこまで接近されているならもう無駄かな」

僕は覚悟を決める。聖剣デュランダルを得た剣の勇者様と共同戦線を張ることにした。

†

ルナマリアは走る！

大聖堂に向かいこの騒動に終止符を打つため、全精力を傾ける。途中、同僚の巫女と出会っても手加減することなく打ち倒す。数度の戦闘をすると、後方から人の気配が。

敵の増援かと思われたが、その気配が巫女やゾディアック教団兵を倒すと、味方であると判明する。

「ルナマリア、久しぶりね」

その声には聞き覚えがあった。

ノースウッドの街、果敢に巨人に炎魔法の一撃を加えていた魔術師の声だ。

「レヴィンさんのお供の方々！　もしやレヴィンさんが助けに来てくれたのですか？」

「そういうこと。当の本人はウィルと共に戦っているわ」

「それは有り難いです。ウィル様とて悪魔を同時に二体、相手には出来ません」

「聖剣も抜けたし、戦力は増強されているわね。さて、あたしたちはあなたのお守りだけど」

「有り難いです」

「このまま巫女を倒しながら地上へ向かうけど大丈夫？」

「はい」

即答するとそのまま地上へ向かうが、盲目の巫女と勇者ガールズの一行は案外、連携が取れていた。女戦士とルナマリアが前線に立ち、女魔術師と女僧侶がサポートをする。

攻防のバランスが取れた最高の配置、さらに互いの力量を尊重しているから、細かな連携も思いのままだった。

「さすがは大地母神の巫女様、やるぅ」

「勇者様の従者ご一行も素晴らしいです」

「あたしたちは頼りない勇者様を補佐しているから必然的にね。逆にルナマリアは優秀すぎる神様の子供の陰に隠れっぱなしね。まさかこんなに強いなんて」

「恐縮です」

頬を染めるルナマリア。

「これもすべてフローラ様のお陰です。ウィル様が神々に英才教育を施されたように、私もフローラ様に鍛えられています」

力こぶを作りながら、教団兵を吹き飛ばすルナマリア。順調に大聖堂へと近づくが、その動きも止まる。通路の陰から人が現れたのだ。

ぬらり、と伸びる影。その影は尋常ならざるオーラを纏《まと》っていた。

その姿を見て勇者ガールズたちはおののき、ルナマリアは戦慄する。血塗られたメイスを持った女性、そのものの名はポウラ。彼女はルナマリアと意識を交差させるとこう言い放った。

「さすがは大地母神教団の秘蔵《ひぞ》っ子、フローラ様以来の巫女と呼ばれていただけはあるわ」

「ポウラ様……恐れ入りたてまつります」

「そんなことしなくていいのよ。今からわたしがこのメイスであなたの脳漿《のうしょう》をぶちまけるのだから」

「大地母神教団の中で一番優しいと謳《うた》われたあなたがなぜ……」

「大地母神教団では一番優しくても、ゾディアック教団では一番残酷みたいね」

自嘲気味に言い放つと彼女は体型に似合わぬ速度で突っ込んでくる。

ルナマリアはポウラのメイスを小剣で受け流しながら叫んだ。

「ポウラさん、申し訳ありませんが、あなたは強すぎる。手加減しませんよ」

「手加減しなければ勝てるみたいな言い草が気に入らない」

そう言い放ちながら二撃目を繰り返すが、それもいなすルナマリア。

「やるじゃない。もしかしたらわたしは突破できるかもね」

「その物言いですと、これから先、大聖堂までの間、試練が続くということですか？」

「そういうこと。この先は剣のアニエスが、その先は霧のミスリアが待ち構えていてよ」

「なるほど、厄介ですね」

物語によくあるやつだ。目的地までの要所要所に敵将が待ち構えているというのは。

とてつもない徒労感を覚えるが、それでもルナマリアは歩みを止めるつもりはない。

「私は大司祭フローラ様とウィル様から学んだことがあります。それはどのような窮地に立たされても諦めないこと。どのような困難に直面しても勇気を奮い立たせることです」

ルナマリアはフローラに教えてもらったとおりに剣を抜き放ち、ウィルの抜刀術を見習うかのように剣を振るう。その速度に圧倒されるポウラ。まさかかつての教え子に後れを取るとは思っていなかったのだろう。斬撃をまともに喰《く》らうが、それでも三賢母の一角をなす司祭、致命傷は回避する。己の頭部から流れ口元を伝う血をぺろりと舐《な》め取るポウラ。

「やるじゃない、ルナマリア」

「絶対に勝たせて頂きます」

「いいでしょう。こちらも本気を出すわよ」

再び打ち合う小剣とメイス。

激しい火花が周囲に散る。

聖なる力と邪悪な力が混じり合う。

勇者ガールズたちはその光景を離れて観戦するしかなかった。両者の技量、力が凄まじく、入り込む余地がなかったのである。

†

ルナマリアとポウラが激戦を繰り広げている一方、僕とレヴィンは死闘を続けていた。

蒼《あお》い悪魔ソウエイと灼《あか》い悪魔グホウ。二匹の悪魔は本気で襲いかかってきた。

ソウエイが無数の氷柱を大地に誕生させると、グホウは天上に炎柱の渦を作り出す。

この世の地獄を具現化させたような地形を作り出すと、ふたりは同時に攻撃をしてくる。

ソウエイが氷の剣で僕の心臓を狙い、グホウが炎の剣でレヴィンの肺を焼こうとするが、僕たちはほぼ同じタイミングで剣を受ける。ダマスカスの剣はカキンと共鳴し、聖剣デュランダルは炎を散らす。剣としては炎の剣のほうが厄介そうであったが、お互いに相性が良さそうなほうを引き受けた形になった。グホウは「ほう……」と漏らす。

「神々に育てられしものの金魚の糞《ふん》かと思ったが、なかなかにやるではないか」

「お褒めにあずかり光栄だ。おまえもなかなかやるぞ。いい大人が仲良しこよしで手を繫《つな》いでやってきたわりには」

「小娘が」

顔を焼き尽くしてくれる、とグホウは横なぎの炎の剣閃《けんせん》を飛ばすが、レヴィンはそれを聖剣で受け止める。

「さすがはデュランダルだ。あたしの力を何倍にもしてくれる」

「小娘の分際で聖剣など持ちやがって」

「これでも勇者の端くれでね」

レヴィンはその後、連撃を加えてグホウを追い込む。これならば彼女ひとりでも対処できるだろう。そう思った僕はソウエイに意識を集中する。氷の剣を巧みに使いこなし、攻撃を加えてくるソウエイ。剣技においてはグホウに勝っている。しかし、この程度の剣技ならばどうにでもなった。連日のように繰り広げられた剣神との修行に比べれば大したことはない。僕は氷の剣をいなし、はじき、受け止め、冷静に相手を追い込む。

「小僧、やるではないか」

「剣の神様仕込みさ」

「さすがは神々に育てられしものだ。しかし、惜しいな。その力を我がゾディアック様に捧《ささ》げればいいものを」

「冗談だろう」

「冗談なものか。我ら兄弟も最初は人間だった。ゾディアック様にその命を捧げ、悪魔にして貰《もら》ったのだ」

「おまえら、兄弟だったのか」

「その通り、かつていにしえの王国で勇敢な兄弟戦士として知られていた」

「へえ」

「我らは強さを求めるもの、求道者《きゅうどうしゃ》。修行によって最強の戦士となったが、究極の強さは得られなかった。それを極めるためにゾディアック様に永遠の命を貰ったのだ。おまえも永遠の命を得ればさらなる高みを目指せるぞ」

「興味ない」

「それほどの才能を持ちながら、強さを求めないのか」

「暴力は強さじゃないよ。真に強いものは剣を抜かないんだ。僕はそういう強さがほしい」

「口清いことを」

「オーラルケアは大切だって母さんがよく言ってた」

そのようにうそぶくと、僕はソウエイに一閃を決める。

「ぐ……」

腹部を押さえ、よろめく蒼い悪魔ソウエイ。

「それにおまえは弱い。永遠の命を得てそれならば、そんなものは尚更《なおさら》いらない」

鋭い一撃を貰った上に、自分の生き方まで否定されたソウエイ。

氷の戦士である彼だが、怒りの闘志で心を真っ赤に染め上げる。

「言ったなあ！　小僧！　その心臓にこの剣を必ず突き立ててやる」

そう言うと先ほどよりも速い一撃を入れてきたが、僕はそれをなんなく剣で受け止めた。

二対一では苦戦を想定していたが、聖剣を持ったレヴィンが参戦してくれたことにより、思いの外、楽に勝てそうであった。ただ、それでも僕は悪魔を過小評価しないが。

僕は悪魔に勝てないと思ったことはないが、悪魔はしぶといと思ったことは何度もあった。不死身に近い身体《からだ》、無尽蔵の体力、それらを脅威に思ったことは何度もあった。だから僕はともかく、レヴィンの攻撃力ではグホウは倒せまいと思った。ゆえに僕らしい小細工をする。僕はレヴィンの聖剣に《避雷針》と《吸収》の魔法を掛けておく。次いで炎と氷の兄弟を挑発する。

「一生を武に捧げてその程度のソウエイ・グホウ兄弟。おまえたちの一生は哀れ以外のなにものでもないな」

その挑発にソウエイとグホウは「なにを」と前のめりとなる。

「もはや剣技によって僕たちに勝つのは不可能だ。ならばせめて邪神の守護者らしく、魔力で勝負をしたらどうだ？」

安っぽい挑発であるが、剣と言葉によって追い詰められた兄弟は簡単に乗ってくれた。

彼らは距離を取ると魔法を詠唱し始める。ソウエイの身体には蒼いオーラが。グホウの身体には灼いオーラが。それぞれ、尋常ではない量の魔力をまとうが、その間、僕は傍観する。ただ、レヴィンの横にさりげなく並ぶと、このようにささやく。

「僕を信じて真似《まね》をして。僕が合図をしたら、剣閃を放って」

レヴィンは即座にうなずく。

信頼の証《あかし》であったので嬉《うれ》しいが、僕は彼女の信頼に応えるため、完璧に行動を重ねることにした。相手が呪文を唱え終えた瞬間、剣を前に突き出す。

レヴィンは迷うことなく、同じように行動する。

剣で魔法を受けるのだが、このような芸当を可能とするのは、僕とレヴィンの剣が上等なものだからだ。僕の剣はとある領主が名工に鍛え上げさせた業物。レヴィンの剣は聖なる剣だった。《避雷針》と《吸収》の魔法さえ付与すれば、このような芸当も出来るのだ。

僕はソウエイの氷魔法を吸収し、レヴィンはグホウの炎の魔法を吸収する。

そのまま相手に斬り掛かってもなにも効果がないどころか、相手の体力を回復させるだけであったが、僕たちはここで攻撃対象を入れ替える。

「いまだ！　レヴィン！　僕の代わりにソウエイに攻撃して！」

「そういうことか！　ウィル少年はグホウを攻撃するのだな！」

「そういうこと」

そのやりとりを見ていたソウエイとグホウ兄弟は顔を青ざめさせる。

「ま、待て！　貴様ら、それでも戦士か⁉　俺の相手はおまえのはず！」

グホウはレヴィンにそのように言い放つが、それに対するレヴィンの回答は冷たい。

「あたしがこなければ二対一でウィルを殺そうとしたくせに」

「…………」

事実であったのでなにも言えずにいるグホウ。彼はすでに覚悟を決めているようであった。

「……見事だ。神々に育てられしものよ。貴様の知略、底が知れぬ」

「僕はふたり掛かりが卑怯《ひきょう》だとは思わない。もしも二対一だったら負けていたのは僕だったろう」

そのようにまとめ、彼の武人としての矜持《きょうじ》に敬意を表すと、僕とレヴィンはふたり同時に剣閃を放った。

交差し、ソウエイとグホウの元に向かう魔法剣。

炎と氷の悪魔の魔法を吸収した剣閃は轟音《ごうおん》を上げ、それぞれの所有者の対となる存在に向かう。圧倒的技量と魔力が籠もったその一撃、それらに耐えられるほど二体の悪魔は強くはなかった。

「ぐぎゃあ！」

「ぐおおお！」

それぞれに絶叫を漏らすと、炎と氷の悪魔たちは消滅する。

レヴィンは改めてこの作戦を思いついた少年に敬意を表す。

（この少年ならばゾディアックが復活したって返り討ちにしてくれそうだ……）

ウィルの機転はそれほどまでに素晴らしく、その力は底が知れなかった。

改めてウィル少年の実力に敬意を表していると、レヴィンの懐《ふところ》が振動する。レヴィンは懐に連絡用の護符を入れていたことを思い出す。この護符は任意の振動と文字を一度だけ送れる優れものであった。古代遺跡で見つけたばかりのものだが、さっそく使用されるとは。

使い捨てであるが、それゆえに本当に必要なときにしか使わないはずであった。つまり自分の仲間たちが自分に伝えたいことがあるのだろう。レヴィンは懐から護符を取り出すと、底に書かれた文字を見る。

「な……!?」

その文字を見て驚愕《きょうがく》するレヴィン。底に書かれた文字は豪胆な女勇者を慌てさせるに十分であった。レヴィンは即座にそこに書かれた文字をウィルに見せる。その文字を見たウィルも動揺している。つまりそれだけ緊急事態ということであった。そこに書かれていた文字はたったの数文字。

「ルナマリア窮地」

それだけであったが、それだけに事態の深刻さがうかがい知れた。

†

ルナマリアの窮地を知った僕たちは走る。

風と一体化したような速度で走る。疾風となった気持ちで走る。道中、休むことも息継ぎをすることもなく、ただひたすらに走る。先ほどの戦闘の疲れなど無視をする僕たち。どこにそのような体力が残っていたか、不思議であるが、僕たちは疲労を知らぬ速度で駆け抜けた。

途中、ポウラとアニエスを見つける。どちらも傷付いてはいたが、命に別状はない。それどころか洗脳蟲も除去されていた。

「ルナマリア、すごいな」

レヴィンはそう口にするが、その意見には同意だった。

「この旅を通してルナマリアは大幅にパワーアップしていたんだね。三賢母を倒すくらいに」

「さすがは未来の大司祭様候補。だけど、そのルナマリアが窮地ってことはやっぱり大司祭フローラと戦っているんだろうか」

「おそらくは……」

言い淀《よど》んでしまったのは、「戦っていれば」まだいいと思っていたからだ。最悪、すでに敗北しているという未来図も考えられた。

「……駄目だ、駄目だ」

不吉な予感を頭から振り払うと地上に向かった。遠くから地上の光が見えてくる。長らく試練場に籠もっていたせいか、地上の光はまばゆいばかりに感じられた。

「──いや、違う」

すぐ反語を漏らす。

「気のせいじゃない。本当にまばゆいんだ」

見れば地上付近、大地母神の神殿では壮絶な戦いが繰り広げられていた。試練場から続く大きな広間、そこでルナマリアとフローラが死闘を繰り広げていた。ルナマリアの小剣が舞うように空間を切り裂き、フローラの錫杖《しゃくじょう》が空間を押しつぶすかのように振られていた。圧倒的な剛と柔の勝負が繰り広げられていた。その姿を見てごくりと唾を飲んでしまうが、すぐに身体を動かす。ルナマリアの味方をしようかと思ったのだが、それを制すは聖なる盾だった。

「ウィル！　駄目だ、そっちに行っては」

（――そっち？　そういえば三賢母は……）

そう思った僕は後方に跳躍する。入れ替わるかのように大量のエネルギー波が僕のいた場所を通り過ぎる。その光景を見て、「ちぃっ」と舌打ちするのは三賢母のひとり、ミスリア。彼女は心底惜しそうに言う。

「おしゃべりな盾ね。舌を切り取っておけばよかった」

べえ、と舌を出し意趣返しするイージス。

僕は無益な戦闘を終わらせるために、彼女に警告する。

「ミスリアさん、もうあなたがたはお終《しま》いだ。三賢母のうち、ふたり倒れた」

「そうみたいね。情けない」

「あなたも同様に倒れる。僕はあなたを傷つけたくない。投降してください」

「それは無理ね。なんのために洗脳蟲をみずから飲んだか分からなくなる」

「……どういう意味ですか？」

「そのままの意味よ。あのふたりは洗脳蟲をゾディアック教団に飲まされたけど、私は自分の意思で飲んだの」

「なんだって⁉」

「ちなみに大地母神教団にゾディアック教団を手引きしたのも私」

「なんのためにそんなことを⁉」

「決まっているじゃない。次期、大司祭になるためよ」

「………」

「このまま順当に行けばルナマリアが次期大司祭になることは分かっていた。それはあなたをここに連れてきたことで確定した」

「そんなことのために悪魔に魂を売ったというのですか！」

「あなたには分からないのよ。親がいない子供の気持ちは。巫女《みこ》として生きるしかない女の気持ちが……」


ミスリアの表情は沈む。もしかしたら彼女はルナマリアよりも悲しい宿命を背負って生まれてきたのかもしれない。幼き頃より巫女の厳しい修行に耐えてきたのは大司祭になると子供の頃に誓ったからかもしれない。だからこそまばゆく輝くルナマリアに嫉妬をしてしまったのかも。そう思ったが、だからといって彼女に同情はしなかった。

僕は一歩前に出ると、

「一撃で片を付けます」

と剣を抜き放ち、宣言した。

彼女はおかしそうに微笑《ほほえ》みながら、

「それは可能かしら」

と言い放った。

「可能です」

そう言うと最速の抜刀術、天息吹活人剣《てんいぶくかつじんけん》を使う。飛燕《ひえん》のような速度でダマスカスの刃が彼女に向かうが、それはなんなく受け止められた。

——彼女にではない。

蒼《あお》と灼《あか》の手にである。その手は次元を割るように空間を切り裂くと、右手で僕の剣を受け止めた。その手は真っ赤に燃え上がっている。もう一方の氷の手でぐわしと次元の穴を広げると、巨体をくぐらせた。

その姿を見てレヴィンはこう口にする。

「……まさか、こいつはさっき倒した」

「そのまさかみたいだね。最強の氷炎使いというわりにはあっけなさすぎると思ったんだ。これがやつらの真の姿か」

次元の狭間《はざま》を切り裂き、現れた怪物。

それは右半身が炎、左半身が氷の化け物だった。

「ソウエイグホウ」

二四将のうち、二体が合体した化け物はそう名乗ったが、それ以上の言葉は発しなかった。兄弟は合体し、知能を失っているようだ。その代わり圧倒的な戦闘力を得ているようで、強力な一撃を放ってくる。氷の拳がまっすぐに伸びてくる。腕の周囲にはブリザードとかまいたちが舞っていた。その一撃を剣の腹で受けるが、あまりの威力に僕は数十メートルほど吹き飛ばされる。ぼきり、あばらの折れる音が響く。

「ウィル少年！」

心配するレヴィンに僕は叫ぶ。

「あばらが折れただけ。僕は大丈夫。レヴィン、そいつは僕たちの力じゃ倒せない。ミスリアさんを狙って！」

レヴィンは一瞬意図を察することが出来なかったようだ。尋ね返してくる。

「なぜ？」

「ソウエイグホウを召喚したのはミスリアさんだからだ」

「なるほど、召喚主を倒せば次元の狭間に戻っていくというわけか」

「そういうこと」

　そのようなやりとりをするが、当のミスリアさんは余裕綽々《よゆうしゃくしゃく》だった。

「神々に育てられしものは本当に勘が鋭いわね。そう、たしかにソウエイグホウは私が召喚したもの。神器を用いてこの世に具現化させた悪魔よ。私を倒せば元の世界に戻る」

「ならばおまえを倒す！　痛いが我慢してくれよ！」

　そのように言い放つとレヴィンは横なぎの一閃《いっせん》を加えようとするが、ミスリアさんは避《よ》けようともしなかった。

　三賢母のひとりを切り裂くレヴィン。多少、後味の悪さが残るが、これも戦場の習いであった。そのように心の中で締めくくっていると、横から威圧感が迫ってきた。見れば真っ赤な拳が目の前にあった。レヴィンはなんとか聖剣でそらすが、炎の追加効果だけは喰《く》らってしまう。

　己の身を焦がす炎。致命傷は避けられたが、攻撃を喰らう必然性を見いだせなかったレヴィンは叫んだ。

「馬鹿な、召喚主は倒したはずなのに！」

「ならば倒していないのでしょう」

　そう口にしたのは上半身を切り裂かれたミスリアさんだった。彼女はさも平然と言い放つ。一瞬、無敵なのか？　そう錯覚してしまうが、種を明かせば単純だった。ミスリアさんの身体《からだ》は霧で出来ていたのだ。

「私の別名は霧のミスリア。その身体を聖なる霧にすることが出来るの」

「なんて能力だ」

「戦闘には役立たないけれど、捕縛されても逃げられるし、逃げに徹することも出来る。つまり私を倒してソウエイグホウを元の世界に戻すことは不可能」

にやりと笑う小柄な司祭。

倒されることがない、そのような余裕に裏打ちされた笑顔だった。

「……そうなるとソウエイグホウは実力で倒すしかないのか。この化け物を」

僕は改めて強壮な化け物を見上げる。

とてつもない脅威に包まれた悪魔。この悪魔を倒すにはどのような方法を使えばいいのか。皆目、見当が付かなかった。しかし、それでもやるしかない。僕は折れたあばらに僅かばかりの回復魔法を掛けると、悪魔に斬り掛かった。相棒であるレヴィンも斬り掛かる。Xの形、交差するように斬撃を放つが、氷炎の怪物は痛痒《つうよう》を感じないようであった。ソウエイグホウの化け物じみた実力におののく僕たちであったが、それでも剣を振るい続けた。

ウィルとレヴィンが氷炎の怪物と対峙《たいじ》している。一方、ルナマリアは育ての親にして師、世界最強の司祭と戦っていた。フローラは悠然と錫杖を振るい、ルナマリアを追い詰めていく。師匠に圧倒されるルナマリアであったが、負けっぱなしではなかった。時折、反撃を繰り返しては鋭い斬撃を加えていく。好勝負であったが、それを実現していたのは、ルナマリアの成長だった。ルナマリアの剣はフローラ直伝、圧倒的な技量差があったが、経験によってその差を埋めていた。ウィルとの冒険、出逢《であ》った仲間たちがルナマリアに力を与えてくれたのだ。

「ルナマリア、上達しましたね」

「ありがとうございます。これもウィル様と巡り合わせてくれた大地母神の思《おぼ》し召し」

「ああ、あの小さかったルナマリアがこんなに立派になって」

「それはフローラ様のお陰です。あなたが育ててくれなければ今の私はなかった」

「あなたには才能があったから」

「子供の頃は巫女になれないと太鼓判を押されていました」

「それは周囲のものの見る目がなかっただけ。私は信じていましたよ」

「ありがとうございます。だからこの目を潰してくださったのですね」

「ええ、そうよ。才能はあった。でも天才ではなかった。あなたが立派な巫女になるにはそうするしかなかったの」

「分かっています。有り難《がた》いことです。お陰で大地母神と対話することが出来る」

「我が子の目を潰すなんて酷《ひど》い親ね」

「目を潰す代わりに芽を伸ばしてくれました」

「ふふふ、面白い言葉遊び」

「本当に感謝しているんですよ」

ありったけの思いを込めて斬撃を放つ。フローラから教わった袈裟《けさ》斬りだ。

その一撃によって衣服の一部を切り裂かれたフローラ。彼女は心底嬉《うれ》しそうに言う。

「本当に成長したわね。ルナマリア」

「はい」

「大地母神様はなんと言っているの？」

「と申しますと？」

「一連の事件のこと。あなたのことだから神と相談したのでしょう」

「そのことですか。はい、しました。しかし、大地母神様は己の信じる人々を信じよ、としかおっしゃいませんでした。だからそうしております」

「なるほど、さすがは大地母神様ね。ちなみに私にも同じ神託をくださったわ」

「それは良かったです」

それを聞いてにこりと微笑むと、フローラは矛を収める。

彼女の首の皮一枚分手前でぴたりと止まるルナマリアの小剣。

「──どうされたのですか、フローラ様」

「どうもしないわ。このまま戦っていても私の敗北は必定。あなたの剣を見てそう悟りました」

「まさか、力はフローラ様が圧倒している」

「表面的なものはね。神を信じる力、誰かを愛する力はあなたが圧倒しているわ」

「──フローラ様」

「さあ、行きなさい。あなたが愛するものは今、窮地に立たされています」

ルナマリアはウィルのほうに意識をやる。たしかに彼は今、ピンチだった。氷と炎の悪魔に圧倒されている。聖剣を持ったレヴィンもいるが、あと五分持つか、といったところであった。ルナマリアはしばし逡巡《しゅんじゅん》し、

「──フローラ様はもしかして洗脳など」

と尋ねた。それに対する答えは沈黙であったが、ルナマリアはそれ以上尋ねることはなかった。剣を収めると、フローラに深々と頭を下げる。

「ウィル様を助けに行ってきます」

「それが一番です。あの少年ウィルは世界を照らす光、あなたを包み込む慈愛です。大切になさい」

「はい」

短くも万感の思いが籠もった返答を返すと、ルナマリアはフローラに背を向けた。そのままウィルたちのもとへ向かうが、自身の目からは溢《あふ》れんばかりの涙がこぼれ落ちていた。

（――涙が、涙が止まらない）

ルナマリアの目から涙が間断なくこぼれ落ちる。

なぜならばルナマリアは神からこのようなお告げを聞いていたからだ。

『あなたは最後に母であるフローラと剣を交える。あなたはその戦いに勝利するでしょう。しかし、それがあなたと母の最後の別れとなります』

大地母神様のお告げが外れたことは一度もない。つまりフローラは死ぬのだ。ルナマリアを育ててくれた人が。ルナマリアを愛してくれた人が。この世界から消えてなくなるのである。

フローラが死ぬ。

それは世界の喪失を意味するかのような空虚さを抱かせた。愛する人がこの世界から消えるなど、想像もしたくなかった。しかし、ルナマリアはそれでもウィルを助ける。

「私は大地の巫女《みこ》。使命を果たさねば――」

そのように自分に言い訳をしながら、ルナマリアは走った。


愛娘《まなむすめ》の後ろ姿を見つめるフローラ。

永遠にその姿を見ていたかったが、すぐ横に気配を感じる。

そこにいたのはかつての部下であり、盟友でもあった女性、三賢母のひとりミスリアだった。

彼女は開口一番に言い放つ。

「フローラ、あんた、ゾディアック様を裏切るつもり？」

「裏切る？　それは見当違いですね。私は一瞬たりともゾディアックに臣従したつもりはありません」

「なにを言っているの？　巫女の命を救うために進んで洗脳蟲を飲んだでしょう」

「確かに飲みましたが」

「ならば言うことを聞きなさい。今すぐルナマリアを追いかけて、あの娘を殺せ」

ミスリアは邪悪な波動を解き放ち、ルナマリアを殺させようとするが、フローラは微動だにしなかった。

「なんで？　あんたに飲ませた洗脳蟲は一際《ひときわ》強力なのに」

「たしかに強力でした。大地母神様を以《もっ》てしても駆逐することは出来なかった。今もこの体内にいますが、私はあえてこれを〝飼っています〟」

「どういうこと？」

「あなたがたは私を利用しようとしたようですが、私もあなたがたを利用させて貰《もら》っているのですよ」

「なんですって⁉」

「ひとつは私の身体的弱点を補うために。洗脳蟲を飲み込めば強靱《きょうじん》な肉体を手に入れられますから」

「そんなものに頼らなくてもあんたは最強でしょう」

その問いをあえて無視するとフローラは続けた。

「もうひとつはウィルさんに試練を与えるため。彼は苦難に接すれば接するほど強くなる。どのような困難もはね除《の》け、そのたびに強くなる」

「……才能もあるのに成長率も最強、まさしくチートね」

「爆発的成長《エクスプロウシブグロウス》、どこまでも成長していく少年、試練を課す甲斐《かい》もあるわ」

「でもそれにも限界がある」

「そうね。どのような大英雄も周りの助力がなければ大成は出来ない。だから私は彼の大業を成すための人柱となることにしたの」

「どういうこと？」

「今から大聖堂に向かって、聖なる魔法を放ちます」

「な、まさか、あんたが放ったら、周辺数キロの洗脳蟲は死に絶える！」

「それが目的です」

「――くそ、わけが分からないわ。でも、あんたを殺さないといけないってのは分かった」

ミスリアは得物である短剣を二本取り出すと、殺意を露《あら》わにする。

「まあ、でもいいわ。あんたを殺せば名実ともに私が大地母神の指導者となる」

「そんなに大司祭の座がほしかったのね」

「ええ、そうよ。いつも偉そうにしているあんたに取って代わりたいと思っていた」

「言ってくれればいつでも位を譲ったものを――、大司祭の座も結構大変なのよ」

「──馬鹿にしないでよ」

そう言うとミスリアは短剣を振り回す。フローラは錫杖《しゃくじょう》でいなす。

実力的にはフローラが圧倒しているが、ミスリアは周辺の巫女や教団兵を支配下に置いていた。次々と現れる増援。フローラは彼女たちを倒しながらの移動となる。

加えてミスリアが召喚したと思われる魔物の群れもやってくる。百鬼夜行、魑魅魍魎《ちみもうりょう》までフローラの命を奪おうと躍起になっていた。フローラは聖なる魔力を解き放ち、応戦するが、途中、吐血をしてしまう。攻撃を喰《く》らったわけではない。

「あんた……？　病気なの……？」

「………………」

そう、フローラは病に冒されていたのだ。それを悟ったミスリアは愉悦の表情を浮かべ、そのことを祝った。

†

後方でフローラが戦闘をしているのは分かった。だがルナマリアは引き返すことなく、ウィルの救援に向かう。

ウィルとレヴィンは氷炎の悪魔と戦闘を繰り広げていた。

目にも留まらぬ速度で剣と拳を応酬《おうしゅう》させているが、ウィルたちのほうがやや不利であった。自分が参戦しても五分五分に持ち込めるかどうか、であるが、それでも参戦しないという選択肢はない。剣を握り締めて飛び込もうとするが、それを止めるは聖なる盾。

「ルナマリア、待って、飛び込む前にボクを助けて」

見れば聖なる盾のイージスが魔法の縄で縛られていた。彼女が参戦してもどうにもならないだろうが、それでも助ける。そもそもここにやってきた理由のひとつに彼女の救出があるからだ。

縄を解くと聖なる盾は、

「助かったー」

と安堵《あんど》の溜《た》め息をついた。

ルナマリアは感謝の気持ちを受け取ると、そのまま後方に下がるように命じるが、彼女は逆にルナマリアの肩を摑《つか》む。

「ルナマリアはフローラさんのところへ向かって」

「それは出来ません。私はウィル様の従者ですから」

「でもフローラさんは死んじゃうんでしょう?」

「なぜそれを……」

「聖なる盾を舐《な》めないでよね。――嘘《うそ》。まあ、語るまでもないよ。ルナマリア、泣いてるじゃん。今まで一度も泣いたことがないルナマリアが涙を流してるじゃん。すぐ分かるよ」

「…………」

ルナマリアは頬を拭う。たしかにまだ涙で濡《ぬ》れていた。

ただ、それでもルナマリアはウィルのもとへ向かおうとするが、イージスは必死に懇願する。

「駄目だよ、そっちにいっちゃ！　ルナマリアが向かうべきはお母さんのところ。誰よりもルナマリアを愛してくれる人のところだ。そりゃ、ウィルもルナマリアを愛してるよ。だけど、ううん、だからこそフローラさんのところへ行くべき。そうしないとウィルは一生、君を軽蔑すると思うよ」

「……ウィル様が私を軽蔑」

「そう。ウィルは誰よりも親に大切にされてきた。だから誰よりも親を大切にするんだ。自分の恋人にもそうあって貰いたいって思ってるに決まってるじゃん」

「…………」

ルナマリアは沈黙する。その通りだと思ったのだ。

「……ですが、世界を天秤《てんびん》には掛けられません」

「世界なんてどうでもいいよ。そりゃ、世界も大切だけどさ。ときには自分の気持ちに素直になりなよ。君たち親子は不器用すぎるよ」

「…………」

「互いに愛し合っているのに、そんな簡単なことも口に出来ない。だからこんな回りくどいことばっかりして。とにかく、今すぐフローラさんのとこへ向かうんだ。ウィルはボクが助けるから！」

非力なあなたがどうやって？　そのような問いを発することはなかった。

イージスの必死な言葉によってルナマリアは目覚めたのだ。ウィルに軽蔑されるような女にはなりたくない。誰よりもウィルに愛される人間でいたい。あるいはそれは世界を救うことよりも大切なような気がした。そのような境地に達したルナマリアは素直になることにした。

きびすを返し、大聖堂へ向かったのである。

母であるフローラを救うために。

ルナマリアが大聖堂へ向かうのを確認し、ウィルはほっと安堵する。イージスとどのようなやりとりがあったかは知らないが、説教をせずに済んだからだ。ウィルはルナマリアの幸せを誰よりも望んでいた。心の中が温かいもので包まれるが、手足も同様に温かくなる。――己の血で濡れているからだ。

「ルナマリアの幸せは大切だけど、自分のことも考えないとね」

そのようにうそぶくと、ソウエイグホウに地這虎咆哮《ちをはうとらのほうこう》を決めるが、まったくダメージが通らない。戦闘ダメージと連戦の疲れによって攻撃力が著しく低下しているのだ。

「……強力な一撃はあと一回だな」

冷静に自己判定すると、レヴィンもうなずく。

その一撃はここぞというときに取っておけ、とアドバイスをしてくれた。その間、自分が攻撃を引き受けるとのことであったが、それもちょっと気がかり。聖剣の所有者とはいえ、この悪魔に対抗できるとは思えなかったのだ。しかし、それでもそれに賭けるしかないのが、今の僕の立場だった。このいかんともしがたい状況を変えるのは長年連れ添った相棒、聖なる盾。世界最強の盾イージスがやってくると、彼女は言い放った。

「ウィル、安心して、ルナマリアが必ずなんとかしてくれるから。だからあと五分、五分だけ耐えて」

「ルナマリアが……」

彼女の言葉に感化された僕は、にこりと微笑《ほほえ》むと、

「合点承知の助」

とイージスの言葉を使い、彼女の思いに報いることにした。


大聖堂付近まで歩みを進めたフローラは、聖なる力を惜しみなく使い、三八人の巫女《みこ》を洗脳から解放し、五一名のゾディアック教団兵を駆逐した。

しかし、それも永遠には続かない。

五二人目の教団兵を壁にめり込ませたとき、フローラは大量の血を吐き出す。

その場に崩れ落ちるフローラ。その姿を見ていたミスリアは高笑いをあげる。

「病気とは哀れね。なにもしなくても私が大司祭になってたのかあ」

「そうね、結果だけ見ればあなたは道化だわ」

「まったく、皮肉ね。──あ、もしかして洗脳蟲を飲んだのって」

「そうよ。邪悪な蟲《むし》の力を借りればこの命を僅かだけでも長らえることが出来ると思ったのよ」

「へえ、涙ぐましいわね」

「もちろん、巫女たちの命を救いたい気持ちもあったけれど」

でも、それ以上に――、銀髪の美しい少女の顔が思い浮かぶ。

初めてこの神殿にやってきた日のことを鮮明に思い出す。

粗末な人形と襤褸《ぼろ》切れのような衣服しか持っていない貧しい少女。

流行病《はやり》で親兄弟を亡《な》くした可哀想《かわいそう》な少女。

その子を初めて見たとき、フローラは天啓を得た。神の言葉ではない。自分の中で新たな言葉が生まれたのだ。それを一言で言い表せば「母性」となるのだろう。フローラはルナマリアという少女に夢中になってしまったのだ。

神殿には無数の子供がいた。幾人もの巫女もいたが、このような感情を抱いたのはルナマリアだけであった。同じような境遇の娘はいたが、それでもルナマリアにはひとかたならぬ思いを感じてしまったのだ。

あるいは贔屓《ひいき》という言葉を使ってもいいかもしれない。

フローラはルナマリアに特別な愛情と教育を施した。

傍《はた》から見れば虐待と映っても仕方ないほど、手塩に掛けて彼女を育てたのだ。

その思いが報われたのか、ルナマリアは教団史上最高の巫女となった。

盲目の巫女として世界中の信徒から尊敬される存在となった。

母親としてこれ以上誇らしいことはなかった。

──だから。

だからそんな娘に遺産をあげたかった。

金銭ではない。ものでもない。思いやりを形にしてあげたかった。だからフローラは大聖堂に向かっていた。今の自分に出来ること。それはこの力を使い果たして、この神殿にいるゾディアック教信者を駆逐することだった。フローラはそのため、力を振り絞るが、それをあざ笑うかのようにミスリアは攻撃を加えてくる。

彼女は霧の身体を使ってフローラの懐《ふところ》に入り込むと、彼女の腹に短剣を突き刺した。

真っ白な法衣《ほうえ》が真っ赤に染まる。愉悦の表情を浮かべるミスリア。

「ああ、あの最も気高くて最も強いと謳《うた》われた大司祭がこんなにも惨《みじ》めな最期《さいご》を遂げるなんて」

「………………」

今のフローラには反論する力はない。そんなものがあれば前進をする力に変えたかった。

血だらけの法衣を引きずりながら歩みを進めるフローラ。数歩歩くごとにナイフを突き立てるミスリア。その残酷な光景が五回ほど繰り返されると、ついにフローラは倒れた。

その姿を見て高笑いをあげるミスリア。最後のトドメも刺そうとするが、それは光の矢によって阻《はば》まれる。振り返ればそこにはルナマリアがいた。

「まったく、本当に目の上のたんこぶね」

「フローラ様！」

「あんたの大切なフローラはもう死ぬわ。私が殺すまでもなく、病によって」

「……許さない」

怒りに燃えるルナマリア。大地を揺るがす憤怒《ふんぬ》の感情はルナマリアの力を何倍にもする。

「もう、だから私が殺さなくても死ぬんだって。――でも、あんたは私が殺すわ」

そう言い放つと、ミスリアは呪文を詠唱する。一匹の魔神を召喚し、ゾディアック教団兵を呼び集める。教団兵は魔神を中心に陣形を組むが、ルナマリアは彼らを寄せ付けない。大地母神の麒麟児《きりんじ》フローラの再来のような強さを発揮する。その光景を苦々しく見つめるミスリア。

「な、なんなのよ、この娘は。どこにこんな力が」

かくなる上は私が、ミスリアも参戦するが、それでもルナマリアは敵を圧倒する。小剣を果敢に振り、聖なる矢を的確に浴びせ、ひとりひとり確実に倒していく。その間、レヴィンのお供である勇者ガールズが近寄る。

「フローラ様、助けに来ました」

「………」

ありがとう。そんな言葉も出ないほどにフローラは傷付いていた。弱っていた。もはや彼女の命は尽きようとしているのだ。

だが、そんなことは気にせず、フローラは言った。

愛娘《まなむすめ》を指差すと言った。

周囲に自慢するかのように言った。

「見て、あれが私の娘ルナマリア。――すごいでしょう」

真っ赤に充血した瞳、絶え間なく流れる血、言葉を発するのも辛《つら》そうであったが、彼女は最後にそう発した。

世界を憂うのでもなく、教団の未来を哀れむでもなく、神にすがるのでもなく、娘を賞賛する言葉を選んだのだ。

その言葉を聞いたのは勇者の供だけであったが、たしかに彼女らは聞いた。

彼女らは感じた。

世界最強の大司祭がひとりの親であることを。愛深き女性であることを知ったのだ。
ルナマリアはミスリアが召喚した下級悪魔を圧倒すると、ミスリアを撃退した。
逃亡する彼女の背を見送る。
彼女に鉄槌《てっつい》はくださない。
正義の裁きも。
フローラがそのようなことを望んでいないと知っていたからだ。
ミスリアの背を見送ると、そのままフローラのもとに向かった。

「――――」

ルナマリアはそこで絶句するが、絶望はしなかった。
冷たくなった母の身体《からだ》を僅かの間抱くと、そのまま大聖堂へ向かった。
そこで残された魔力をすべて解放する。
さすれば周囲数キロの洗脳蟲は死滅する。先ほど逃れたミスリアの蟲もだ。
あらゆる蟲は死滅し、この神殿に秩序と平和が戻るはずであった。
それはとても喜ばしいことであったが、ルナマリアの瞳に喜びはなかった。
いや、それどころか悲しみに包まれる。
大聖堂に到達したはいいが、そこで魔力が尽きてしまったことに気が付いたからだ。

ルナマリアはその場に崩れ落ちると、己の弱さを嘆いた。

†

ウィルたちは絶望の底にいた。

二四将のソウエイグホウ、このふたりが想像以上に強かったからである。

なんとか一矢報《いっし》いようと放ったウィルの一撃、炎と氷の魔力を込めたX斬が簡単にはね除《の》けられたのだ。この一撃を放つために必死に隙を作ってくれたレヴィンが驚愕《きょうがく》の表情を浮かべる。

「今のあたしたちでは勝てない化け物ってことか」

「そういうことみたいだね。――ごめん、レヴィン、こんな戦いに巻き込んでしまって」

「なにを言う。むしろ有り難《がた》いくらいだ。あたしの父上は絶対に勝てない戦いに挑んで死んだ。民を救うためにその命を散らしたんだ。あたしは友のためにその命を散らす。親子二代、似たような死に方が出来るのは誉れだよ」

「ありがとうレヴィン」

最後に握手を求めるが、彼女はさっと手を引っ込める。

「おっと、最後の魔力を振りしぼって転移させる気だろ、そうはいかないぞ」

「……ばればれか」

苦笑いを浮かべる。

「そういうこと。あたしは最後までウィルと一緒に戦う。剣を並べて戦う」

「分かった。もうその決意に水は差さない」

剣を構える僕。

「最後に死に花を咲かせるのも悪くない」

「そうだね。せめて一矢報いてから死のうか」

そのように相談するが、ここにきて戦況に変化が生じる。

悪魔的な強さを誇るソウエイグホウが悶《もだ》え苦しみだしたのだ。

「なんだ、いったい？」

レヴィンの言葉であるが、僕に分かるわけがない。しかし、身体を包み込む温かい魔力によって、事態を察することが出来た。その温かな波動はルナマリアの魔力に似ていたが、微妙に違った。彼女よりも慈悲深く、母性に溢《あふ》れていた。すぐにフローラ様の顔が浮かぶ。

するとの頬に涙が伝う。

「ウィル、どうしたんだ？」

「いや、分からない。でも、涙が止まらないんだ」

フローラ様の死を感じ取った僕だが、それを言語化することは出来なかった。ただ、ただ、悲しい気持ちと温かい気持ちが交互にやってくる。それも当然であった、大聖堂では次のような光景が繰り広げられていたのだ。


魔力が枯渇《こかつ》し、絶望するルナマリア。

そこに現れたのは霊体となったフローラだった。

霊体となった母は娘を慈《いつく》しむように抱きしめる。

ルナマリアはやっと素直な言葉を発する。

「──お母さん、大好き」

『──私もよ。ルナマリア』

フローラは愛娘ルナマリアに残された魔力をすべて託す。

これが彼女の遺産であった。

このとき、このため、愛する人々と愛娘を救うために魔力を温存しておいたのである。

ルナマリアは母の愛に随喜の涙を流しながら神聖な魔力を解放した。

大聖堂にある女神像によってその魔力は何倍にも増幅される。

慈愛に満ちた魔力、神々《こうごう》しい光が大聖堂を満たすと、聖なる波濤《はとう》が神殿の隅々まで及ぶ。

否《いな》、門前町の端々まで光が包み込む。

周囲にいた数千の人々に聖なる力が及ぶ。

すると彼らの頭に潜伏していた邪悪な蟲《むし》は苦しみ始める。

悶え苦しみ、身をよじらせる洗脳蟲。

三〇秒ほど暴れると、そのまま死に絶える。

巫女《みこ》や民の口や耳から蟲がこぼれ落ちる。

こうして大地母神の神殿とその周囲で猛威を振るった邪悪な蟲は一掃された。

それを見ていたゾディアック教団の幹部は、周辺からの撤収を始めた。


これが〝奇跡〟の顛末《てんまつ》であるが、僕はまだ詳細を知らなかった。

知っていたのはルナマリアが愛に包まれたということだけ。

それとソウエイグホウが消えたということだ。

召喚者であるミスリアが洗脳から回復した今、非使役者であるソウエイグホウはこの世界に留《とど》まることは出来なかった。

しかしこの悪魔の執念は恐ろしかった。崩れゆく肉体などものともせず、僕たちを殺そうとしてくる。消えゆく前にその膨大な魔力を集約させ、放ってきたのだ。氷と炎が融合した究極魔法、メギドを放とうとしていた。あらゆるものを焼き尽くす究極の炎、その炎を喰《く》らえば骨さえ残らないであろう。僕はレヴィンの前に立つと、残り少ない魔力を振り絞り、防御陣を張った。

「ウィル！」

レヴィンは無茶をする僕を叱りつけるが、気にしない。

「レヴィン、やはり君をここで死なせられない。君が死ねばブライエンさんが悲しむ」

「少年にだって悲しむ家族がいるだろう」

「僕が女の子を助けられなかったと知ればもっと悲しむ」

「どこまでいいやつなんだ、君は」

そう言って彼女は飛び出そうとするが、それを制するのは聖なる盾のイージス。

「レヴィン、下がって。ここはボクの出番」

「イージス！」

「ボクはルナマリアと約束したんだ、どんなことがあってもウィルを守るって」

彼女はそのように言い放つと、僕の前に飛び出る。

「駄目だ！　メギドは君では防げない！」

「なにを言ってるの？　ボクは最強の盾だよ」

「でも今の君は生身の人間だ」

「だね。たしかに〝このまま〟だとボクは消し炭にされちゃう」

でも、と彼女は続ける。

「でも、ボクが元の姿に戻ったらどうなると思う？」

「元の姿⁉　盾に⁉」

「そうだよ。今から戻る！」

そう宣言すると力み始めるイージス。全身が黄金色に輝き始める。

「思いとどまるんだ！　イージス！」

レヴィンはそのやりとりに口を挟む。

「なぜだ？　ウィル少年、彼女は元々盾なのだろう？」

「そうさ。でも、だからといって彼女の夢を台無しにする権利は僕にはない」

「夢？」

「彼女は人間になりたかったんだ。人間の女の子になってお洒落《しゃれ》をして、街を歩いて、空気を吸って、背伸びをして、そうやって生きたかったんだ」

「…………」

「ずっと一緒にいたから知ってるんだ。彼女の中身は普通の女の子なんだって。いつもうわ言のように人間になりたいって言っていたのに……」

振り絞るように言い放つが、僕とは対照的にイージスは穏やかだった。

「……ありがとう、ウィル、君は優しいね。だからこそ救わないと」

「僕なんて救わないでいいよ」

「それは出来ない。君のことが大好きだし、ルナマリアとの約束だからね。ルナマリアは君をボクに託したんだ。その想《おも》いに応えないと。ううん、応えたい」

「………………」

彼女の決意を変えさせることは不可能であると悟った僕は、左腕を差し出す。彼女が元々いた場所、彼女の帰る場所を用意する。イージスはにこりとする。

「ありがとう。ボクの居場所を用意しておいてくれて」

「君が盾になっても君を女の子として扱う」

「えちぃことはしちゃ駄目だよ」

「新しい街に着いたら屋台を案内する」

「本屋もお願い。こう見えてもボクは文学少女なんだ」

「君のその笑顔、一生忘れない」

「なんかそれフラグっぽいよ」

イージスはケラケラ笑うと、ソウエイグホウを横目で見る。

やつの身体は今にも朽ち果てそうであったが、究極氷炎魔法であるメギドは完成一歩手前であった。間もなく放たれることだろう。

いや、放たれた。

それを感じ取ったイージスはゆっくり目をつむると、黄金色のオーラにその身を託す。

そのまま彼女は盾の姿に化身すると、僕の左腕に収まる。

最強の盾、

神々しい盾、

着け慣れた盾、

長年連れ添った盾は元からそこにあったかのように自然と収まった。

僕はこくりとうなずくと、防御魔法を解いて盾を構える。

究極の魔法に立ち向かう少年、その姿は雄々しい。レヴィンはしばし見とれた。

僕はそのままメギドの炎を聖なる盾で受ける。

地球がのし掛かってきたような負荷を感じるが、不安はなかった。

史上最強の盾が左手にあるのだ。それが打ち破られる心配は一切ない。

むしろ、僕はやつの第二撃を心配していた。

このまま放っておいても朽ちるソウエイグホウであるが、それゆえに強い情念が渦巻いている。せめて一矢《いっし》報いようと躍起になっているように見えた。

そのターゲットが僕以外であることは明白だ。

僕が僕よりも仲間の命に重きをおいていることを知っているのだ。

──つまり、やつの狙いはルナマリア。

僕のことを心配し、駆け寄ってきているルナマリアを殺害しようと、両手を鋭くする。

右手は炎の槍《やり》、左手は氷の槍とし、ルナマリアに突き立てようとするが、僕はそれを見逃さなかった。

残されたすべての力を振り絞り、斬撃を加える。

体内に残された魔力を振り絞る。残された気力を振り絞る。

それを剣閃《けんせん》に変換し、やつの眉間にぶち込む。

刹那の速度で放たれたその一撃は正しく報われる。

多くの人々の想い、仲間たちの絆《きずな》が乗せられたその一撃は最強不敗であった。

その一撃はまさしく神々に育てられしものしか放てない一撃であった。

ソウエイグホウは斬撃を受けると、氷を蒸発させ、炎を鎮火させる。

次いで起こるは地を揺らす大爆発。

僕はその光景を瞳に収める。

ルナマリアは全身を使って感じ取っていた。

壮麗な花火のように散りゆく悪魔、その光景の後ろに立つ巫女様はこの世のものとは思えないほど幻想的で美しかった。

†

最強の二四将を倒し、ゾディアック教団の陰謀を遠ざけた僕たち。

その代償は大きい。

光の陣営の中核にして大地母神教団の指導者であるフローラ様の喪失。

彼女は世界と娘を同時に守って死んだ。

その死を知った巫女たちは、例外なく悲しみに包まれた。

皆、世界を喪失したように悲しみ、三日三晩、食事も摂《と》らずに祈りを捧《ささ》げた。

我らがフローラ様の魂に安らぎが訪れますように、と。

一週間後に行われた教団葬には各国から要人が訪れ、フローラ様の死を悲しんだ。

僕は粛々と喪主を務めるルナマリアを横目に見ているしかなかった。

甲斐性《かいしょう》がなかったということもあるが、僕の身体《からだ》もズタズタだったからだ。

ソウエイグホウとの戦闘、それに先立つ一連の戦闘、それらによって僕の身体はズタズタになっていた。大地母神の神殿でなければ死んでいたこと必定の怪我《けが》を負っていたのだ。

ソウエイグホウを倒した僕は巫女《みこ》たちに運ばれると、そこで集中的に治療を受けた。治癒魔法に精通した巫女五人、夜通しで回復魔法を掛けてなんとか一命を取り留めた状態だったのだ。

ルナマリアが喪主を務めているというのに、僕はベッドの上から彼女を心配することしか出来なかった。

情けない状態であるが、その状態もとある人物がやってくると一変する。

神殿にやってきたのは古き神々の末裔《まつえい》——僕の母親であるミリア母さん。

彼女は神殿を訪れると、僕に秘薬を飲ませ、一瞬で回復させた。

「悪《あ》しき気を喰らいすぎたのね。埋伏の毒になっていたみたい」

巫女たちに症状を説明すると、今後、このようなことがあったら、ウルクの実を煎じたものを飲ませなさい、と言った。
巫女たちは尊敬の眼差《まなざ》しでうなずく。
それを見ていた浪人風の男、すなわちローニン父さんは、
「この女の真の姿を知らんからそんな瞳が出来るんだ」
と言った。
ミリア母さんはすごい形相で睨《にら》む。
それを楽しげに見つめる鍔広《つばびろ》帽の老人、つまりヴァンダル父さんは言った。
「おまえたち、止《や》めないか。我らは弔問にやってきたのだぞ」
その言葉にミリア母さんとローニン父さんはしゅんとなる。
ルナマリアがけなげに出迎えてくれたことも大きかったのだろう。
気丈に振る舞うルナマリアはとても痛々しかった。
三人の神々はフローラの遺体と対面すると、神々を代表して魂の安らぎを祈った。
次いでお付きの巫女に神殿に豹《ひょう》の死体がなかったか尋ねる。
とある巫女が挙手をすると、祈りの間に豹の死体があったと伝える。
とても綺麗《きれい》な柄の豹だったが、魔物だと思ったので焼き払ったという。
その報告を聞いたヴァンダル父さんは、

「そうか……」

と一言だけ漏らすと、その豹の遺灰を求めた。ヴァンダル父さんは豹の遺灰を受け取ると、僕のもとにやってきて、

「レウスはしばらく〝旅に出る〟ようだ」

と言った。

「旅？」

「そうだ。長い長い旅だ。しかし、必ず戻ってくるだろう」

「そうか、寂しいな」

僕はそう返答した。

その後、父さんたちは大地母神教団の歓待を受け、数日滞在することになった。

その間、ルナマリアは大地母神教団の指導者代理として振る舞った。

フローラの葬儀の喪主、
各国要人の応対、
混乱した教団の再建、

それらに対応するため、ルナマリアは文字通り寝る間も惜しんで活動していた。僕の見舞いも欠かすことなく、日に数度はやってきた。――ほんの五分ほどの面会であるが、彼女の顔を見るだけで元気を取り戻せた。

ただ、それでも彼女の忙しさ、それと教団から必要とされる様を見ると、僕も決断を下さずにはいられなかった。

数日後、テーブル・マウンテンに戻ろうとしている父さん母さんたちに話し掛ける。

「大地母神教団に入り込んでいた悪は一掃できたよ」

「見事じゃ」

「さすウィルね」

「僕ひとりだけの力じゃないけどね。それに今回の事件の黒幕はミスリアさんだったけど、彼女は根っからの悪人じゃなかった。だからなんとかなったんだと思う」

「そうね。聞けば悲しい過去があったらしいし、そこをゾディアック教団につけ込まれてしまっただけのようね」

「フローラ様の死因は刺殺ではなかった。結局、持病の癌《がん》でなくなったんだ」

「あるいは母と娘の絆を体現するために大地母神が用意した〝きっかけ〟だったのかも」

ミリア母さんがそのように纏《まと》めると僕は父さんと母さんに提案する。

「――父さん、母さん、僕はそろそろ旅立とうと思うのだけど」

その言葉を聞いた父さんたちは力強くうなずく。

「そうね。私の秘薬ですっかり回復したしね」

「じゃな、旅立ちのときかもしれん」

「目的を果たすまで帰ってくるんじゃねーぞ」

最後の言葉にミリア母さんは反発するが、言い争う母さんたちを無視し、僕は続ける。

「僕はゾディアック教団壊滅の旅を続けるけど、その旅にルナマリアは連れて行かない予定だ」

はっきりとした意志を込めて言い放つ。

三人は意外そうな顔をしたが、ヴァンダル父さんだけは髭《ひげ》を触りながら、

「――それがよかろう」

と言った。

「そうね。あの娘を必要とする人はたくさんいるものね」

神殿を見渡せば、皆、ルナマリアに頼りきりであった。

大司祭フローラの死去、彼女の喪失は大地母神教団に巨大な空隙《くうげき》をもたらした。

フローラは教団の精神的な支柱であり、象徴でもあったのだ。

彼女の代理となるものなど、考えられなかったが、それでも彼女に代わる指導者が必要なのだ。

それは盲目の巫女以外考えられない。

大司祭フローラの義理の娘にして秘蔵《ひぞ》っ子。

彼女しか教団の窮地を救えないのだ。

それを証拠に彼女のことを「大司祭代理」と呼ぶ巫女はひとりもいなかった。

皆、敬意を込め、

「盲目の巫女」

と彼女を呼んでいたのだ。

――本当は盲目の大司祭と呼びたい感情を堪《こら》えて。

そんな彼女たちの姿を見ていれば、ルナマリアを連れて旅立つことなど不可能であった。

巫女たちの気持ち、教団の実情、そしてルナマリアの未来を忖度《そんたく》した僕は、翌朝、父さんたちと一緒に大地母神の神殿をあとにした。

ルナマリアに別れも告げることなく。

第四章　神々に育てられしもの

†

父さんたちと大地母神の神殿を出た僕は、そのまま途中まで一緒に旅をすると別れた。

僕には使命があったからだ。

「父さん母さん、僕はゾディアック教団を倒す旅を続けるよ。どんなことがあっても邪神は復活させない」

息子の決意に水を差す神々はいなかった。

ヴァンダル父さんは「世界が種を植え、神々が育て、大いなる司祭が芽吹かせた。誰が大樹の根を動かせようか」そのような表現で旅立ちを祝福する。

三柱の神々は互いにうなずき合うが、「ひとり旅は危険じゃない？」とミリア母さんは付け加える。

「その心配はないかもしれんぞ」

ローニン父さんがそう言うと街道の先から元気に手を振る女性の姿が。

「おおーい！　ウィル少年！」

息を切らせながらやってくるは剣の勇者様。

彼女は僕たちの前までやってくると、

「ひどいじゃないか」

と言った。

「またあたしをひとり置いていく気か」

「まさか。レヴィンならば必ず追いかけてきてくれると思った」

「ほう、さすがはウィル少年だな」

レヴィンは改めて神々に挨拶すると、僕と同じようにゾディアック教団壊滅に命を燃やすことを誓う。

頼りになりそうな剣の勇者に目を細める神々、僕はさらにこう付け加える。

「聖剣を手に入れた剣の勇者様、それに史上最硬の聖なる盾、この〝ふたり〟がいればゾディアック教団にも負けることはないよ」

左手の聖なる盾を掲げる。

彼女は、

『まっかせなさーい』

と元気よく叫んだ。

無論、その言葉は誰にも届かないが、僕の耳にはしかと届いていた。

神々は僕を頼もしげに見つめると、テーブル・マウンテンに戻っていった。

僕とレヴィンは互いにうなずき合うと、街道を進んだ。

ゾディアック教団壊滅の旅はこうして継続される。


——半年後。


「はわわー、勇者様、それにウィルさん、助けてくださいー」

一角兎《ホーン・ラビット》に追い立てられているのはレヴィンの従者のリンクス少年。

一緒に旅するようになって半年、時折、剣の稽古を付けてあげているが、彼には才能がなく、最弱と呼ばれている一角兎にも苦戦する有様であった。

まあ、その分、彼は炊事洗濯が得意で、僕たちパーティーに欠かせない人物であったが。

半ズボンの一部を一角兎に破られてしまったリンクス少年は、艶《なま》めかしい足が露《あら》わになる。

（……女の子じゃないよね？）

一瞬、そのような考えを持ってしまったが、彼が女の子だろうと構いはしなかった。

僕は彼を救い出す。

「一角兎に必殺技は勿体《もったい》ないけど……」

僕は腰の剣に触れる。

久しぶりに必殺の抜刀術、天息吹活人剣《てんいぶくかつじんけん》を繰り出す。

神速の抜刀術を喰《く》らった一角兎はあっという間に粉砕されるが、それを見てレヴィンは
「あちゃあ」と頭を抱える。

「ウィル少年、駄目じゃないか」

お叱りのお言葉。

彼女の言葉は正しい。

「一角兎は今夜の夕食になるはずだったのに」

「ごめんごめん」

と頭を掻《か》く。

「ついうっかり」

「少年のうっかりは強すぎるんだ。自分が最強だという自覚がない」

「かもしれないね。そうだ。お詫《わ》びに僕が森の奥に行ってなにかを捕まえてこようか」

「少年が？」

「そう。レヴィンもリンクスも、勇者ガールズたちも疲れているだろう？　ここは元気いっぱいの僕が」

「……そうか、分かった。じゃあ、お願いしようか」

レヴィンはあっさり了承すると、リンクスを連れ、キャンプに戻っていった。

途中、珍しくウィルに同行しなかった主《あるじ》に疑問の言葉を発するリンクス少年。

「あの、勇者様、どうしてウィルさんと一緒に行かなかったのです？」

「変かな？」

「はい。いつもは片時も離れないのに」

「そうだな。そうだった。しかし、今日はウィルをひとりにしてやろうと思ってな」

「──もしかして、先日来た手紙に関係するんですか？」

「おまえはなんでも見ているなあ」

レヴィンは呆《あき》れながら吐息すると、素直に認める。

「先日、ルナマリアさんから手紙が来ましたものね」

「うむ、彼女の手紙を一日千秋の思いで待ち続けるウィル、そしてそれを心の底から嬉《うれ》しそうに読むウィル、それらを見ていればいくら鈍感なあたしでも察するさ」

「ふたりの間に付けいる隙がないと？」

「そうだな。ふたりの絆《きずな》は久遠《くおん》の絆、比翼の鳥のようなものさ」

「ふたりでひとつ、苔《こけ》むすまで」

「そういうこと。あたしはとんだお邪魔キャラってこと」

「諦めがいいですね」

「誰が諦めると言った。引くべきときは引くだけさ」

「なるほど、剣の勇者様は知謀も身に付けられましたね」

「こいつ、言ったな！」

レヴィンは少年の額に楽しそうに指弾を加える。

少年は「うふふ」と楽しそうに受ける。

小鳥が戯《たわむ》れるかのような時間が流れるが、そんなふたりに向かって走ってくるは仲間の女魔術師。

彼女は息を切らしながらやってくる。

危機を察したふたりは真面目な表情を作ると女魔術師と合流した。

──一方、その頃、テーブル・マウンテンでは。

いつものように朝食を食べ終えると、水晶玉前の特等席を巡って争いが起きる。

ローニンがミリアの髪を摑《つか》み、ミリアがローニンの髷《まげ》を摑むと、ヴァンダルがやれやれと仲裁する。いつもの光景であるが、今日はひとつだけ違うところが。

水晶玉の近くに置かれた〝灰〟が蠢《うごめ》きだしたのだ。

それを見たヴァンダルはふたりを無視し、灰に注目する。

「ついにこのときがきたか」

「このときってまさかレウスが復活するの？」

「そうじゃ」

「でも、レウスは死んだんじゃ？」

『古き神々がそう簡単に死ぬか。万の貌《かお》を持つ神じゃぞ。当然、アレにも化身できる』

「アレってなんだよ」

「アレはアレじゃ。灰の中より何度も生まれ変わる存在、不老不死の鳥じゃ」

「だから名前はなんだよ」

「馬鹿ねえ。そんなのも分からないの？　バジリスクに決まっているでしょう」

「…………」

精神的によろめきかけるヴァンダル。しかし、天然ミリアと馬鹿ローニンを無視すると、灰に近寄る。灰をより分けるとその中には小さな卵が。

卵の中には鳥の雛《ひな》と思われる影が見える。

その影は必死に殻を破ろうと奮戦していた。

三人の神々はその光景を固唾《の》を呑んで見守る。

「がんばれ……」

治癒の女神がそう吐息したとき、炎に包まれた鳥の雛がこの世に誕生した。

不死鳥と呼ばれる幻獣は大きく羽ばたくと、天高く舞い上がった。


テーブル・マウンテンでそのようなイベントが発生しているとは知らない僕は、今日の夕飯の材料を探すため、森の奥深くに向かうが、そこで出会ったのは邪神ゾディアックが二四将のひとりである。

腐った牡牛《おうし》の化け物は鼻息も荒く言った。

「貴様が神々に育てられしものか」

「そうだよ」

「我が名は二四将がひとり、プロセピナである。ウィルよ、貴様がひとりになる瞬間、待ちわびたぞ」

「そうか。さっきから森が騒がしいと思ったけど、原因はおまえか」

やれやれと剣を抜き放つ。

「そうだ。二四将のうち、半数はおまえによって殺された。もはや勘弁ならぬ」

「それはこちらの台詞《せりふ》だ。ゾディアックの眷属《けんぞく》であるおまえたちは絶対に許さない」

そう言い放つと、僕は剣閃《けんせん》を放つが、プロセピナはその一撃に耐える。

「──へえ、やるじゃないか」

「我は二四将でも最強の体力を誇るのだ」

高笑いをあげる悪魔であったが、僕は気にせず二撃目を放とうとした。

「ふはは、無駄だ。我にはどのような魔法剣も通じぬ」

「かもね。でも、大司祭様の聖なる魔力が付与された魔法剣だったら？」

「なんだと？」

プロセピナの問いに答えたのは僕ではなく、後方からやってきた声だった。

強く凛《りん》とした声はこう言い放つ。

「ウィル様、ダマスカスの剣に聖なる力を付与します」

颯爽《さっそう》と現れたのは今、僕がもっとも逢《あ》いたかった人物、盲目の巫女《みこ》にして大地母神の聖女ルナマリアだった。

僕がダマスカスの剣をピンと伸ばすと、彼女はひざまずき、剣に接吻《せっぷん》をする。彼女の体内にあった聖なる力が剣に流れ込む。その量は膨大にして莫大《ばくだい》であった。

〝以前〟一緒に旅をしていた頃よりも遥《はる》かに魔力の量が増えていた。

「さすがは大司祭様だね」

軽く茶化すように言うとルナマリアはにこりと微笑んで訂正をした。

「もう、大司祭ではありません。大司祭の位は三賢母のアニエスさんに譲位しました」

「そうか、じゃあ、今はただの巫女さんなんだね」

ルナマリアはそれにも首を横に振る。

「いえ、巫女の位も手放してきました。今の私は神々に育てられしものの従者です」

「僕が雇わないという考えはなかったの？」

「微塵《みじん》も――」

「そうか。ルナマリアは案外、強気なんだね」

そのようにやりとりしていると、横から鼻息の荒い言葉が。

「貴様ら、俺を無視するな‼」

プロセピナは無視されたことを怒っているようだ。

戦闘の最中によそ見をしていることをなじられるが、それもそうであった。

僕は意識を悪魔に集中すると、聖なる力を込めた剣閃を解き放つ。

まばゆい光に包まれた剣閃は腐った巨体に突き刺さると、そのまま彼を浄化させた。

「く、くそう！　おのれー！　俺が雑魚《ざこ》扱いだと⁉」

悪魔の捨て台詞《ぜりふ》を横目に僕はルナマリアのほうへ振り向く。

今度は僕のほうがひざまずき、彼女に願った。

「残念ながら君を従者にすることは出来ない」

ルナマリアは「まあ、困りましたわね」と口を押さえる。

しかし、それほど困っていないようだ。僕が発する次の言葉を予期しているようで。

「その代わり僕は君を正式な〝仲間〟として迎え入れたいと思っている」

「仲間――」

「そう。共に戦う仲間、共にシチューを食べる仲間、共に美しい景色を見る仲間――」

「素敵ですね」

「うん、とても素敵だと思う。そして君をいつか〝パートナー〟にしたいと思っている」

「パートナーと仲間は違うのですか？」

「そうだね。結構違うかも……」

ぽりぽりと頬を指で掻《か》く。今の僕の顔は真っ赤かもしれないが、それでも勇気を振り絞って言った。

「僕はルナマリアのことが好きなんだ」

勇気を振り絞って言い放った言葉に、ルナマリアは即座に返事をくれた。

「私もウィル様のことが大好きです」

その言葉を聞いた僕はルナマリアの腰を抱き寄せるが、上空に気配を感じる。

なにか神聖なものが近づいているような気がするのだ。

見れば東の空に明けの明星のような光が高速で移動していた。

よくよく目をこらせばそれはフェニックスだった。

そのことをルナマリアに話すと、フェニックスは瑞鳥《ずいちょう》であると言った。

「そうだね。とてもめでたい鳥だ。——まるで僕たちのことを祝福してくれているようだ」

「そうですね。いえ、きっとそうですよ」

ルナマリアはそう断言すると、無防備になっていた僕の唇に唇を重ねた。

あとがき

「神々《かみがみ》に育《そだ》てられしもの、最強《さいきょう》となる」の読者の皆様、こんにちは！　作者の羽田《はた》遼亮《りょうすけ》です。

本シリーズの五巻、ご購入くださりありがとうございます。

一年以上にわたって執筆してきた本シリーズ、ここまで書き上げることができたのは読者の皆様の応援のお陰だと思っています。

いつものように読者の皆様への感謝から入りましたが、ここからは宣伝！

本作「神々に育てられしもの、最強となる」はコミカライズも展開しております。九野《くの》十弥《とうや》さんによる美麗な作画に、格好いいコマ割り。原作の魅力を最大限引き出してくださっている漫画は、ComicWalkerなどで無料でお読みいただけます！

コミックス版も二巻まで発売しており、大好評発売中です！

こちらのほうもお買い上げいただけると、羽田も九野さんも編集部も喜びます。是非是非、応援ください！

さて、ここまではいつもと同じ展開ですが、ここからさらに新情報が。

本シリーズ「神々に育てられしもの、最強となる」の五巻と同じ発売日に、「最強《さいきょう》不敗《ふはい》の神剣使《しんけんつか》い1　王立学院入学編《おうりつがくいんにゅうがくへん》」という作品を刊行いたします。

こちらも『小説家になろう』に連載していたものですが、大幅に加筆されており、二倍三倍に楽しめる作品となっています。

イラストレーターのえいひさんによる美麗なイラストは、額縁に入れて絵画として鑑賞したいほどのクオリティを誇っています。

内容は「無能と偽っていた少年が、神剣に選ばれ、最強の力を手にし、王立学院を無双するお話」でしょうか。「神々」のウィル君が純朴系の主人公ならば、「神剣」の主人公はクール系の主人公となります。タイプは違いますが、正義を愛する心、大切な人を守る精神は共通するナイスガイなので、是非、こちらも応援ください。

同じ「神」シリーズとして最高の面白さを約束いたします。発売日周辺は本屋で隣付近に置かれているはずなので、よろしくお願いいたします。なかったら注文してくださると嬉《うれ》しいです。

宣伝はここまで！

重ね重ねになりますが、読者の皆様、本作を応援してくださりありがとうございます。イラストレーターのｆａｍｅさん、漫画家の九野十弥さん、最高の絵を描いてくださりありがとうございます。編集のＯさんは焼き肉をご馳走《ちそう》くださってありがとうございます（……え？　そこ？）。新サブ担当のＮさん、まだお会いしたことはありませんが、これからもよろしくお願いいたします！

営業、校正、デザイナーさん、その他、本作に関わってくださった皆様、心より御礼《おれい》申し上げます。

作家生活も八年になるとただただ感謝の念しかありません。二〇二一年も頑張っていく所存ですので、どうかお力添えをお願いします。

それではこのあとがきを読んでくださった皆様、二〇二〇年はありがとうございました。二〇二一年はもっと良い年にしましょう！

二〇二一年一月　羽田遼亮

お便りはこちらまで

〒一〇二―八一七七
ファンタジア文庫編集部気付
羽田遼亮（様）宛
ｆａｍｅ（様）宛

富士見ファンタジア文庫

神々《かみがみ》に育《そだ》てられしもの、最強《さいきょう》となる5

令和3年2月20日　初版発行

著者――羽田遼亮《はたりようすけ》

発行者――青柳昌行

発　行――株式会社KADOKAWA
〒102-8177
東京都千代田区富士見2-13-3
0570-002-301（ナビダイヤル）

印刷所――株式会社暁印刷

製本所――株式会社ビルディング・ブックセンター

※定価はカバーに表示してあります。
●お問い合わせ
https://www.kadokawa.co.jp/（「お問い合わせ」へお進みください）
※内容によっては、お答えできない場合があります。
※サポートは日本国内のみとさせていただきます。
※Japanese text only

ISBN978-4-04-073955-7 C0193　◇◇◇

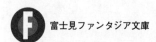

この少年
すべてが
天上優夜《てんじょうゆうや》
異世界で
レベルアップした結果、
最強の身体能力を
手に入れた少年
シリーズ好評発売中！

異世界でチート能力《スキル》を手にした俺は、現実世界をも無双する

～レベルアップは人生を変えた～

チートすぎる

I got a cheat ability in a different world, and became extraordinary even in the real world.

著：美紅
イラスト：桑島黎音

幼い頃から酷い虐めを受けてきた少年が開いたのは『異世界への扉』だった！ 初めて異世界を訪れた者として、チート級の能力を手にした彼は、レベルアップを重ね……最強の身体能力を持った完全無欠な少年へと生まれ変わった！ 彼は、2つの世界を行き来できる扉を通して、現実世界にも旋風を巻き起こし——!? 異世界×現実世界。レベルアップした少年は2つの世界を無双する！

ファンタジア文庫

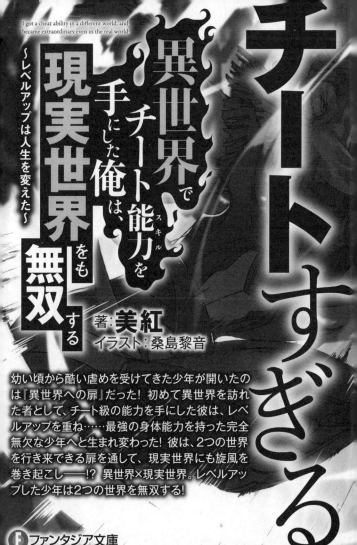

切り拓け！キミだけの王道
ファンタジア大賞
原稿募集中！
賞金
《大賞》300万円
《金賞》50万円
《銀賞》30万円
選考委員
細音啓 「キミと僕の最後の戦場、あるいは世界が始まる聖戦」
橘公司 「デート・ア・ライブ」
羊太郎 「ロクでなし魔術講師と禁忌教典《アカシックレコード》」
ファンタジア文庫編集長
前期締切 8月末日
後期締切 2月末日
公式サイトはこちら！ https://www.fantasiataisho.com/
イラスト／つなこ、猫鍋蒼、三嶋くろね